Heiner Vogelei

EGO - Das Spiel der Rollen

Heiner Vogelei

E G O

DAS SPIEL DER ROLLEN

Die

Beschreibung einer Aufführung

mit Zwischenbemerkungen

eines

fiktiven Zuschauers

Herstellung und Verlag:
Books on Demand GmbH, Norderstedt
ISBN 978-3-8370-1228-6

... endlich war es soweit. Seit langer Zeit hatten meine Frau und ich wieder gemeinsam frei. Der gegensätzliche Schichtdienst machte es uns fast unmöglich auch mal etwas gemeinsam zu unternehmen. Beim Durchblättern der Tageszeitung war meine Frau auf ein – anscheinend – interessantes Theaterstück aufmerksam geworden. Obwohl der Titel so vielsagend, wie zugleich nichtssagend war, konnte sie mich überreden, mit ihr gemeinsam das Stück anzusehen. So war ich einigermaßen gespannt, als wir uns an diesem Abend auf den Weg ins Theater machten. Das heisst, Theater im eigentlichen Sinne war es nicht. Das Stück wurde in einer alten, zu einer Experimentierbühne umgebauten Lagerhaus aufgeführt. Statt das Auto zu nehmen, fuhren wir mit der Strassenbahn dort hin. Meine Frau meinte, es wäre gemütlicher so. Ausserdem hatte sie ein sehr treffendes Argument: Parkplätze. Angeblich gab es sehr wenige davon in unmittelbarer Nähe.

Eine halbe Stunde bevor die Vorstellung beginnen soll treffen wir ein. Eine grössere Menschmenge steht dicht gedrängt vor der von aussen hell angestrahlten Lagerhalle. Ich blicke hinauf und sehe das grosse Plakat, daß seitlich vom Eingang hängt. Mit einem schwungvollen Schriftzug sind die drei Buchstaben des Titels untereinander geschrieben, oder eher gemalt worden. Als Erstes kommt ein leuchtend rotes ' E '. Die beiden Bögen fast kreisrund, so als wäre es eher eine Drei, die seitenverkehrt aufgemalt ist. Es folgt ein giftgrünes ' g '. Sonderbarerweise ist es klein geschrieben, und dennoch so gross, wie das darüber schwebende E. Vom unteren Bogen fallen einige Tupfer, wie Regentropfen herab. Der letzte Tupfer ist genau über dem grossen quietschgelben ' O '. Auch dieser letzte

Buchstabe des Titels hat nicht seine ursprüngliche Form, sondern ist in der Mitte leicht eingedellt. Da sind wir nun. Die Menschenmenge steht vor der Lagerhalle und wartet auf Einlaß. Erst eine Viertelstunde vor Beginn öffnet sich die grossen Flügeltüren und das Publikum kann endlich hinein. Die Halle liegt in einem grünlichen Halbdunkel. Ein leichter Nebelteppich kriecht über den Boden. 'Wo müssen wir hin?' frage ich mit Flüsterstimme. Meine Frau kramt unsere Karten hervor. Hält sie ins Licht. 'Norden, fünfte Reihe, Platz 11 und 12,' bekomme ich zur Antwort. Ich sehe mich um. Wo bitte ist hier Norden? Als wir, der Menge einfach folgend, weiter in das Innere der Halle vordringen, tauchen vor uns zwei sich gegenüberstehende Tribünen auf. In der Mitte ist ein rundes Podest, das anscheinend die Spielfläche markiert. Ich blicke nach oben. Über der linken Tribüne steht 'Süd'. Über der rechten 'Nord'. Wir haben unsere Plätze gefunden. Voller Ungeduld nehmen wir unsere Plätze ein und harren der Dinge, die da auf uns zukommen. Der Nebel, der über den Boden der Halle kriecht, verzieht sich allmählich. Kaum wahrnehmbar wird es dunkler. Der grünliche Lichtschein verschwindet. Währenddessen geht ganz langsam ein Scheinwerfer an, der das sich zwischen den beiden Tribünen befindliche Podest von oben in einen bläulichen fahlen Lichtschein hüllt.

Aus dem Dunkel des Raums kommt eine Gestalt langsam heran. Im Lichtkegel sehe ich einen Mann im mittleren Alter. Er sieht wie ein Schauspieler aus, der noch nicht ganz fertig geschminkt ist. Seine Kleidung sieht halbfertig aus. An seiner Kostümierung fehlt noch einiges. Zögerlich betritt er das Podest. Geht umher. Wirft einen Blick ins Publikum, als suche er irgend eine bestimmte Person. Dann bleibt er genau in der Mitte des Podestes stehen und richtet sich auf.

Der Prolog :

Zu euch wurd' ich herausgeschickt, den Prolog euch vorzutragen.
Ich hoff ', daß ich ihn so gelernt, wie der Autor ihn erdachte.
Sollt es aber nicht so sein, so soll er mich dafür ruhig schelten.--

Ihr seid heut' Abend hergekommen,
um Entspannung hier zu finden.
Doch wer darauf hofft, der kam vergebens.
Denn das, was ihr heut' zu dieser Stunde seht,
ist dann wahrlich nicht nach eurem Geschmack.

Keine alberne Komödie ist's.
Auch kein Schwank mit viel Tumult.
Nein, ein Spiel ist's ... über euch und euresgleichen.
Euch einmal mehr euch selbst zu zeigen.
Sichtbar machen ... was und wer ihr seid.
Ihr Menschenskinder bläht euch von jeher auf ...
Denkt, ihr wäret das GRÖSSTE Wunder der Natur.

Ich sehe, wie er eine abwertende Handbewegung macht und allen Zuschauern kurz den Rücken zuwendet. Dann dreht er sich um und blickt direkt zu uns hinauf.

Vergessen habt ihr (er lacht gehässig) das ihr Menschen nnnuuurrr.

Und eure Wohnung ist die Erde.
Dieses mickrige Sandkorn im ganzen unendlichen Weltenall.

Er macht eine entsprechende Geste.

Und was droht ihr aus eurer Wohnung zu machen?
Einen im Weltall herumeiernden Müllplatz.

Das, was die Natur erschuf, das zerstört ihr gnadenlos.
Eure Heimat.-- Euer Heim.--

Er schüttelt den Kopf.

Aber, was soll ' s ...
Die Erde, dessen bin ich sicher, wird auch euch Bazillen überleben.

Macht Anstalten zu gehen

Eigentlich weiss ich garnicht,
weshalb der Autor sich soviel Mühe hat gegeben
um über euch Gewürm zu schreiben.

Doch, vielleicht, so mags wohl sein,
wollt er euch damit zur Kenntnis geben,

daß er doch, im Grunde seines Herzens,
noch ein bisschen für euresgleichen übrig hat.

Drum lasst das Spiel der Rollen nun beginnen,--
Der Rollen, die ihr täglich spielt und die ihr meint zu sein.
Damit ihr eure Realität erkennet,
Damit ihr scheidet Sein und Schein ...

Ich sehe, wie er noch einmal direkt zum Publikum blickt. Man hat das Gefühl, das er jede Reihe, jede anwesenden Menschen, direkt in Augenschein nimmt. Eine leichte Gänsehaut rieselt meinen Rücken hinab. So habe ich mir den Abend eigentlich nicht vorgestellt. Den Spiegel vorgehalten bekommen. Nein, daß eigentlich nicht. Ich blicke mich um. Auch einige andere Zuschauer scheinen ein wenig verunsichert zu sein. Mit langsamen Schritten verlässt der Schauspieler das Podest und wird von der uns umgebenden Dunkelheit verschluckt.

Musikalische Einleitung :

Richard Wagner :
Siegfried, Aufzug 2, Orchestervorspiel

Das Podest in ein dunkles Blau getaucht. Es ist kaum etwas zu erkennen. Die Musik setzt ein. Ein dumpfes Tremelo von Bässen und Chellos. Ein dunkler Paukenwirbel. Gefolgt von mehreren Paukenschlägen in einem pulsierenden Takt. Eine Tuba legt sich dröhnend darüber. Hörner übernehmen ihre Tonfolge. Ein dunkles fahles Thema kristallisiert sich aus dem Klangteppich heraus. Dann wieder ein aufbäumender Ton der Tuba. Paukenwirbel. Pulsierende Schläge. Tremelo. So geht es eine Zeit lang. Dann abbäumende schnelle Hornstösse. Posauen als Echo. Schnelle Streicherfiguren. Am Ende versinkt alles wieder in den dunklen dumpfen Klangteppich. Die Tuba tönt. Kurzer Wirbel der Pauke. Pulsschläge. Tremelo, das langsam ausgeblendet wird, währen das Podest langsam erhellt wird. In der Mitte liegt ein junger Mann in einem roten flatterhaften Gewand, das seinen Körper komplett umschliesst. Regungslos liegt er dort. Auf dem Bauch. Das Gesicht nach unten. Das Blau wird immer heller. Bis ein blasses Blau von oben herabscheint.

Eine andere Musik beginnt. Sie kommt mir bekannt vor. Ich erinnere mich. Puccini. Madame Butterfly. Der Summchor aus dem dritten Akt. Aber er wird nur instrumental vorgetragen. Im Rhythmus der wie Kaskaden fallenden Klangtropfen nähern sich sechs Gestalten in langen griechisch anmutende Gewänder. Sie blicken fast gelangweilt umher. Als sie den jungen Mann in der Mitte liegen sehen, nehmen sie so Aufstellung, daß sie im gleichmässigen Abständen um ihn herumstehen. Kurz vor Ende der Musik nähert sich dem Ort des Spiels eine kleine gedrungene Gestalt. Sie sieht fast wie ein Zwerg aus. Mit hässlichen vernarbten Gesicht. Er ist ganz in Silber gehüllt und trägt unter dem Arm einen Spiegel. Als die Musik endet setzt sich der Zwerg an den Rand des Podestes und blickt neugierig zu dem jungen Mann hinüber.

Spiegel (Zwerg Spiegel) :
                    Was ist denn das,
                    was dort so regungslos am Boden
                    liegt?

Zwei Gestalten (die sich gegenüber stehen) :
                    Es ist ein Mensch !

Spiegel :   *Was, das soll ein Mensch sein ?*
                    Dieser komische sonderbar
                    geformte Körper ?

Eine Gestalt :   *Ja, ein Mensch !*

   Ich sehe, wie sich der Zwerg erhebt, auf den jungen Mann zugeht und ihn aufmerksam betrachtet. Er stösst ihn mit dem Fuß an. Springt dann aber schnell zurück an den Rand und wendet sich einer der Gestalten zu.

Spiegel :   *Tatsächlich.--*
                    Scheint einer dieser sonderbaren
                    Menschen zu sein.

Gestalt (der sich Spiegel zugewandt hat, nickend):
                    Ein Mensch !

Der Schauspieler des Spiegel kniet sich neben dem jungen Mann hin, als wolle er nachsehen, ob dieser schläft. Ich nehme einen tiefen Atemzug. Frage mich, wann die Handlung endlich beginnt. Oder sind wir schon mitten drin?

Spiegel :   Dieses Gebilde.-
                   Dieser Körper ist also
                   das grösste Wunder der Natur.--
                   Die Krönung der Schöpfung?
                   (sieht zu den Gestalten hinüber)

Mir scheint so, als würde diese Figur eine Art Spiegelzwerg darstellen und auf eine Antwort warten. Ich stelle fest: Ich auch ! Neugierig beuge ich mich vor. Stütze die Arme auf den Knieen ab. Erwischt! - Jetzt schlüpfe ich schon ein wenig in die Rolle des Spiegelzwerges. Bin genauso neugierig und ungeduldig. Die Gestalten beantworten seine Neugier, und die meinige, mit einem Nicken.

Spiegel :   Das ist ja kaum zu glauben !

Zwei Gestalten (die sich gegenüber stehen) :
                   Aber wahr !

Spiegel :   Nun, wenn ihr es sagt,
                   dann wird es wohl stimmen.
                   Doch weshalb ist er hier?
                    (überlegt)
                   Um es zu erfahren, weck ' ich
                   ihn auf.

Der Schauspieler des Zwerg Spiegel tritt an den jungen Mann heran. Hockt sich neben ihn nieder. Legt seinen Spiegel beiseite und stösst ihn ein wenig an. Als sich der junge Mann nicht rührt, etwas heftiger. Muss der einen gesunden Schlaf haben, flüstere ich meiner Frau zu. Die knurrt mich an. Fühlt sich in ihrer Konzentration auf das Spiel gestört.

> *Der Kerl regt sich nicht.*
> *Ist er vielleicht schon tot ?*
> *Schade wär's, denn ein paar*
> *Fragen hätt ' ich schon an ihn.*

Der junge Mann wird jetzt sehr heftig gerüttelt. Danach rückt der Spiegelzwerg etwas von ihm ab. Abwartend. Nach kurzer Zeit schon beginnt sich der junge Mann langsam zu bewegen. Spiegelzwerg erhebt sich. Tritt an den Rand des Podestes und sieht von dort aus dem Erwachenden zu. Ich sitze da. Gespannt, wie ein Flitzebogen. Wird jetzt endlich Entscheidendes passieren? Der junge Mann, zumindest hebt seinen Kopf und blickt sich um.

Ego (junger Mann) : Wo bin ich ?

Spiegel　　　　　　　*(krabbelt an das Kopfende) :*
　　　　　　　　　　　Der Kerl lebt tatsächlich noch. --
　　　　　　　　　　　(lacht)
　　　　　　　　　　　Unkraut vergeht nun einmal nicht
　　　　　　　　　　　so schnell.

Der junge Mann setzt sich auf, sieht den Zwerg verwundert an. Ich lehne mich zurück. Kommt jetzt endlich etwas mehr Bewegung ins Spiel, frage ich mich.

Ego (junger Mann) :   Wer bist du denn ?
So einen lustigen kleinen Knirps,
wie dich habe ich ja noch nie
gesehen.

Der Schauspieler des Spiegelzwerges wendet sich ab und sieht ins Publikum .

Spiegel :   Knirps ?!
Was für eine Wortwahl. --
Also nein. (sich empörend) :
Ich bin kein Knirps !!

Ego (lacht) :   So, so. -- Kein Knirps.--
Aber was bist du dann ?

Spiegel (wichtigtuerisch) :
Ich bin ein Spiegelzwerg !!
Zwerg Spiegel werde ich genannt.
Doch nirgends bin ich gern
gesehen. Besonders von den
Menschen nicht.
(stösst einen hörbaren Seufzer
aus.)

Ha, ich habe mal wieder recht gehabt. Irgend sowas mit Zwerg und Spiegel musste die Figur ja darstellen .

Ego :   Weshalb denn das nicht ?

Spiegel (seinen Spiegel hochhaltend) :
Ich jage von dort, nach hier,
um den Menschen diesen Spiegel
vorzuhalten.

Ego : *Weshalb denn das ?*

Spiegel : *Damit er sich endlich selbst*
erkennt !! Erkennt, was und wer
er wahrhaftig ist !!

Der Spiegelzwerg macht Anstalten dem jungen Mann den
Spiegel vorzuhalten. Dieser wehrt ab. Recht so, denke ich.

Ego (sich während des Abwehrens erhebend) :
Dann brauche ich ja nicht
hineinzusehen.
Ich weiss genau, wer und was ich
bin !!

Spiegel (zetternd) : *Falsch!- Falsch! - Dieses Wort !!*
Denn jeder von euch
heuchlerischen Menschen sieht
sich nur so, wie er sich selbst
am besten gefällt !!

Ego (nachdenklich den letzten Satz wiederholend) :
... sieht sich so, wie er sich selbst
am besten gefällt .

Plötzlich, oh Wunder, kommt Bewegung ins Spiel. Die Gestalten beginnen langsam im gemessenen Schritt um das Podest herumzugehen. Mal sehen, was das nun wieder soll?

Gestalt 1 :   *Oh, seht nur da. -- Ein Mensch !*

Gestalt 2 :   *Wie ? - Was ? - Wo ? --*
                                    Das soll ein Mensch sein ?

Gestalt 3 :   *Ja, seht nur. --*
                                    Tatsächlich ein echter Mensch !

Gestalt 4 :   *Das Ebenbild Gottes ! (lacht)*

Gestalt 5 :   *Der Herrscher über die Welt !*
                                    (lacht)

Gestalt 6 :   *Und doch im Innersten seiner*
                                    Existenz noch immer ein Tier !
                                    (zischt Ego an)

Spiegel (wie ergänzend) :
                                    Mit kümmerlichen Sinnen und
                                    Instinkten.
                                    Kurzum. - Eigentlich ein Krüppel.-

Ego (verwirrt auf die sich um ihn drehenden Gestalten blickend) :
                                    Ja, ich bin das grösste Wunder
                                    der Natur.

Gestalten und Spiegel (lachen)

Ego :	*Das Ebenbild meines Gottes.*
Spiegel :	*Eben, eben.-- DEINES Gottes.*
Gestalt 1 :	*Nur, wer schuf DIESEN Gott ?*
Die anderen Gestalten :	*Der Mensch selbst schuf sich ein Bild von Gott.*
Gestalt 1 :	*Ist nun der Mensch Abbild Gottes ? Oder Gott ein von Menschenhand geschaffenes Bild ?*
Die anderen Gestalten :	*Wer schuf Mensch und Gott ?*
Gestalt 1 :	*Beide schufen sich selbst !!*
Ego (energisch) :	*Aber in meiner Bibel steht, das der Mensch das Ebenbild Gottes ist !!*
Spiegel :	*In was für einer Bibel ?*
Ego :	*Meiner !*
Spiegel :	*Eben. Genau. Da haben wir ' s wieder. Die Bibel ist nur ein Buch. Nichts weiter. -- Das ist auch schon alles.*

Ego :   *Aber Gott hat Himmel und Erde*
                          gemacht !

Spiegel :   *Erde versteh ' ich ja.--*
                          Aber was ist Himmel ?

Ego (nach oben deutend) :
                          Das über uns.

Spiegel (nach oben blickend) :
                          Ah ja. -- Und du stehst voll
                          dazwischen ??

Der Schauspieler des jungen Mannes setzt sich nieder. Setzt eine beleidigte Miene auf, was ich voll verstehe. In dieser erniedrigenden Art und Weise würde ich meine Spezies auch nicht runtermachen lassen. Ach ja, ich gehöre ja selbst dazu. Komisch, daß ich mich in den letzten Minuten irgendwie garnicht angesprochen fühlte. Gehe ich etwa auf Distanz zu meiner Spezies?-- Auf Distanz zu mir selbst ??--

Spiegel (auf Ego deutend) :
                          Da sitzt er nun und schmollt.--
                          Er brüstet sich damit,
                          Er sei das grösste Wunder der
                          Natur.--
                          Und natürlich auch das Ebenbild
                          SEINES Gottes. --
                          Er weiss nicht, wie sein Gott
                          aussieht.--
                          Aber er weiss genau :
                          Ich BIN Gottes Ebenbild. --

Aber dann ... oh Gott bewahre,
müsste Gott ja wie ein Mensch
aussehen !

Ego (wütend auffahrend) :
    Du lästerst ja Gott !!

Die Gestalten (lachen)

Ego :   *Weshalb lacht ihr ?*

Spiegel :   *Sie lachen über DICH !! --*
               Denn sieh ' dich um, sieh ' uns an !
               WIR alle sind ein Teil DEINES
               Gottes !!

Ego :   *Ihr alle ?! - Du ein Teil meines*
               Gottes ?! Das ich nicht lache.
               (lacht kurz auf.)

Spiegel :   *Nur zu. - Lache uns aus.-*
               Wenn Dein Gott
               aber Schöpfer der Welt ist.
               Die Welt aus ihm geSCHÖPFT
               wurde.
               Dann ist Gott die Welt. --
               Und die Welt ist Gott. --

Zurückgelehnt sitze ich auf meinem Platz auf verfolge zunehmend den gesprochenen Text sehr aufmerksam. Er macht mich nachdenklich. Was für ein Spiel ist das, das hier vor meinen Augen von Schauspielern vorgetragen wird. Ist es noch ein Spiel, oder ist es ein Spiegel der

Realität? Widerstrebend merke ich, wie mich die Handlung in ihren Bann zieht.

Spiegel (mit grosser Geste) :
                         Wir alle zusammen sind Welt und
                         Gott.--

Ego (nachdenklich) : *Ihr verwirrt mich.--*

Spiegel (süffisant lächelnd) :
                         Pardon, das war nicht uns' re
                         Absicht !

Ego (wieder energetisch) :
                         Was war es denn dann ?

Spiegel :
                         Aufklärung ! --
                         Verwirrung versuchen wir nicht zu
                         stiften.-
                         Und wo ist er nun, euer Gott ?
                         Wo habt ihr ihn versteckt ?
                         Diesen unsichtbaren ominösen
                         Gott ?

Ego (erneut nach oben deutend) :
                         In den Himmeln ! --

Spiegel :
                         In den Himmeln ?! --
                         Ausgezeichnet.--
                         Weshalb habt ihr ihn nicht
                         hier bei euch behalten ?
                         Auf der Erde ?

Ego (zeigt auf sein Herz) :
> *Er wohnt hier drinnen.--*
> *Im Herzen eines jeden Menschen.--*

Spiegel (den Kopf schüttelnd) :
> *Eben sagtest du , - er wäre im*
> *Himmel.*
> *(deutet nach oben)*
> *Irgendwo dort oben,*
> *weit, weit weg von dir und*
> *deinesgleichen.*

Ego (nachdenklich) :Ja, dort haben wir uns ihn
> *hingedacht.--*

Spiegel :   *Und was habt ihr dann mit all dem*
> *Unguten, dem Unschönen, dem ...*
> *Bösen gemacht ?*

Ego :   *All das Böse ? -- Du meinst den*
> *Teufel ?*

Spiegel :   *Genau. -- Den Teufel. --*

Ego (leicht erschreckt, leise) :
> *Den Teufel ... haben wir ...*
> *auf die Erde ...gebracht. --*

Spiegel :   *Verstehe ich dich recht.--*
> *Gottvater habt ihr in den Himmel*
> *verbannt ... und gleichzeitig*
> *den Teufel auf die Erde gelassen ?-*

Ego (zögernd, stockend) :
　　　　　　　　So kann man sagen.

Spiegel :　　　　　*Und wenn eurem Herzen,*
　　　　　　　　so wie ihr sagt,
　　　　　　　　ein göttlicher Funke innewohnt ...
　　　　　　　　So wird dann gewiss auch
　　　　　　　　ein teuflischer Funke
　　　　　　　　in ihm wohnen.

Ego (sich ans Herz fassend, energisch den Kopf
schüttelnd) :
　　　　　　　　NEIN !!!!!!! ---

Spiegel :　　　　　*Oh doch ! --*
　　　　　　　　Wenn du Ebenbild deines Gottes
　　　　　　　　bist ... Und Gott die Welt ist ...
　　　　　　　　dann ... ja, dann ... muss auch der
　　　　　　　　Teufel in dir stecken.

Ego (stumm vor Schreck)

Spiegel :　　　　　*So ist der Mensch ein Wesen,*
　　　　　　　　daß aus den beiden Grundkräften
　　　　　　　　des Kosmos besteht :
　　　　　　　　(macht die Bewegung zweier
　　　　　　　　Waagschalen)
　　　　　　　　Aus dem Guten und dem Bösen.

Ego (wie zitierend) : In der Bibel steht ...
　　　　　　　　das Gott in jedem Menschen
　　　　　　　　wohnt.--
　　　　　　　　Das Böse, der Teufel ist aber

etwas, (zeigt in verschiedene
Richtungen.) was da draussen
wohnt und lauert.

Spiegel (hält die Hand so, als würde er versuchen in die
      Ferne zu schauen) :
             Ich kann ihn da draussen
             aber nicht erkennen. --
             Mag sein, daß er doch dort drinnen
             (deutet auf Egos Herz)
             in deinem Inneren haust. --

Ego (schreit, verzweifelt) :
             Ich bin doch nicht der Teufel !!

Spiegel :   Das sagte ich doch auch nicht !--
             Ich meinte nur ...

Ego (erregt) :   Was meintet ihr ?

Spiegel :   Ich meine nur ...
             Menschenskind, übernehme doch
             endlich Verantwortung für alles,
             was du getan ... was du tust ...
             für alles, was du bist !

Ego (protestierend) :Ich bin nicht für alles
             verantwortlich,
             was die Menschheit je getan !!

Zwei Gestalten :   Menschenskinder ! --
             Menschenheit ! --
             Menscheneinheit ! --

Alle gleich ! --
Menscheneinheit ! --
Einheit ! -- Alle gleich ! --

Ego :   *Meinst du etwa damit ...*
                 (hält kurz erschreckt inne , dann :)
                 Der Mensch hat das Gute
                 in die Himmel verbannt.--
                 Und, um seine eigenen Missetaten
                 nicht verantworten zu müssen,
                 sich einen bösen Geist geschaffen,
                 der all diese Taten verantworten
                 soll ?! --

Spiegel (begeistert) :Genau so ist ' s !!
                 Der Knabe lernt schnell . --

Ego (tief erschüttert) :
                 Der Mensch also nur ein Spielball
                 seiner selbst erschaffenen
                 Naturgewalten ? --

Spiegel :   *Das ist zu gross,*
                 Und zugleich zu klein gedacht.--
                 Gäb's nur Gut und Böse , (abfällig)
                 Viel zu simpel wär' die Welt
                 gestrickt.
                 Da gibt es noch viel mehr ...
                 Viel, viel mehr noch ...
                 So viel,
                 daß du es dir kaum erdenken
                 könntest ! --

In den letzten Minuten bin ich auf meinem Platz etwas unruhig hin und her gerutscht. Meine Frau stösst mich an. Will wissen, das los ist. Ich flüstere ihr zu, daß es mir langsam ein wenig zuviel ist und ich dringend eine Pause brauche. Sie nickt. Vieles, was ich gehört habe, muss ich erstmal gründlich überdenken. Es ist wahrhaft irritierend, als Spiel etwas zu sehen, daß doch der vermeintlichen Realität so nahe kommt.

Spiegel :
          Sieh dich um.--
          All dies ist Gott.--
          All dies ist Teufel. --
          All dies ... bist du.--
          Und ich ...
          (deutet auf die Gestalten)
          Und diese auch ...
          (tritt an den Rand des Podestes
          und deutet auf die Zuschauer)
          Auch wenn sie 's nicht glauben
          wollen ...
          Diese auch ...
          Alles ist eins ...
          Alles aus dem Einen gemacht ...
          (lacht)

Ego (kommt näher) : *Laß mich hinein sehen ...*

Spiegel :   *Was meinst du ?*

Ego (versucht ihm den Spiegel zu entwenden) :
          Laß mich hinein sehen ...
          Zeig' mir, Spiegel,

Ohne Eigenlug und Trug
wer und was ich bin! --

Spiegel :

Wenn du das wirklich wahrhaftig willst,
so soll' s geschehen.
(auf die Zuschauer deutend)
Aber hast du diese dort gefragt,
ob sie das Gleiche zu erfahren wünschen.
Erfahren, was und wer sie sind.
Wenn ihre Masken, Rollen fallen,
An denen ihr Leben,
wie ein Gespinst,
vergänglich hängt ? --

Ego :

So lass uns eine Pause machen,
damit all jenige,
die mit der Wahrheit nichts zu schaffen haben wollen,
im Schatten des Halbdunkel
unerkannt von dannen ziehen können. --

Spiegel (sich umblickend) :

Nun gut ! --
Es sei gewagt. --
Alles dies im bangen Hoffen,
daß wir hiernach nicht spielen
vor allzu leeren Rängen. --

Gestalten (chorhaft) :   Pause. --

Nach einander treten die Schauspieler ab. Der Scheinwerfer, der das Podest von oben bescheint, schaltet sich mit einem hörbaren Klicken ab. Die ganze Halle ist, wie beim Eintritt in eine Art Dämmerlicht gehüllt. Die Zuschauer erheben sich. Ich stehe auf. Recke und strecke mich. Mein Körper ist es nicht gewohnt solange ruhig dazusitzen. Mir brummt leicht der Kopf. Er hat anscheinend einiges zu tun bekommen. Meine Frau hat sich ebenfalls erhoben und signalisiert mir, daß sie etwas trinken möchte. Eine Hallentür ist geöffnet worden und frische Luft durchströmt den grossen Raum. Da kommt mir die Aufforderung des Zwerges in Erinnerung. Ist das Öffnen der Tür tatsächlich eine wohl gemeinte Aktion, die sich darauf bezieht ?

Ich bin wirklich hin und her gerissen. Soll ich den Verlockungen der offen stehenden Tür folgen und das Spiel, bevor es zu Ende ist, verlassen. Oder meiner Neugier, obwohl diese von latent vorhandenen Ängsten vor dem Kommenden durchtränkt ist, nachgeben? Ja, ich muss mir eingestehen, daß mir das Bisherige einen ungeheuren Schrecken eingejagt hat. Die Schauspieler in ihren Rollen sprechen viele Themen an, über die ich mir schon oft genug Gedanken gemacht habe. Existiert da draussen wirklich irgendwo Gott ? Gewiss, ich bin der festen Überzeugung, daß es da draussen etwas gibt, das der Ursprung aller Dinge, die existieren, ist. Und allgemein nennen wir Menschen dieses für uns Unfassbare, Unbegreifliche eben Gott. Aber das Bild, das wir von diesem göttlichen Wesen haben, das haben wir selbst über die Jahrtausende hinweg geschaffen. Ich erinnere mich daran, daß ich vor ein paar Jahren darüber ein Buch gelesen hatte: *Wie Gott wurde.* So sein Titel. Ich muß schmunzeln. Zum Teil kann ich mich noch sehr gut an den Inhalt erinnern. Ich fand es damals faszinierend, wie die ersten Menschen damit begannen die Naturkräften zu personifizieren. Ihnen Gestalt zu verleihen. Ich dachte an die Götter Indiens, Ägyptens und die der Griechen und Römer. Das Aussehen all dieser Götter waren aus der Vorstellungskraft des Menschen geschaffen worden.

Ja, ich muss dem Autoren recht geben. Und das fällt mir bei dieser erschreckenden Direktheit, die er in diesem Spiel an den Tag legt, eigentlich schwer. Der Mensch hat sich seinen eigenen Gott, oder besser sein eigenes Gottesbild geschaffen. Ein Gongschlag unterbricht meinen Gedankengang. Die Pause ist augenscheinlich zu Ende. Meine Frau hat sich während der Pause mit einigen anderen Zuschauern in regem Meinungsaustausch befunden.

Als wir wieder unsere Plätze einnehmen stellen wir fest, das tatsächlich einige wenige Zuschauer die Pause genutzt haben, um zu gehen. Mit einem lauten Klappern fällt die grosse Hallentür ins Schloss.

Auf dem Podest stehen jetzt mehrere Stühle und Tische. Der in der Mitte stehende Sitz, ist ein Hochsitz. Das Licht erlischt. Die Szenerie wird jetzt in ein zartes Grün getaucht. Am Podestrand sitzt Zwerg Spiegel. Am Hochsitz gelehnt wartet der junge Mann wortlos auf die Fortsetzung des Spiels.

Spiegel (sich umblickend) :

    Ist alles bereit ?
    Kann das
    Spiel der Rollen beginnen. --
    Die vielen kleinen Spielereien,
    die ihr alle sogerne
    facettenreich mit eurer
    ganzen Zur-Schau-stellerischen
    Kunst tagtäglich pflegt ?

Ego (sich umblickend) :

    Ich denke, ich spreche für uns
    alle : Wir sind bereit !! --

Spiegel :   *So lassen wir das eigentliche Spiel*
    jetzt und hier beginnen ...
    Damit ihr erkennet,
    was und wer ihr ALLES seid ...
    (lacht leise in sich hinein)

Aus dem Dunkel kommt eine Gestalt heran. Es ist eine Frau, die sehr schön und sehr gepflegt aussieht. Ihr Gesichtsausdruck spiegelt eine fast tödliche Langeweile wider.

Ego :   *Wer ist das ?*

Spiegel :   *Kannst du dir das nicht denken ?*

Ego (schüttelt mit dem Kopf)

Spiegel (sich erhebend, nimmt die Frau galant bei der
Hand und führt sie so direkt vor Ego) :
Darf ich sie euch vorstellen ?
Gestatten, die Wahrheit.--

Ego (stutzt)

Spiegel :　　　　　　　　*Stört Dich irgend etwas an ihr ?*

Ego :　　　　　　　　*Die Dame sieht so unverbraucht*
aus. Fast wie neu.

Spiegel :　　　　　　　　*Nun ja, (lächelt süffisant)*
Ihr bemüht sie ja auch äusserst
selten.--
Nicht wahr ?
Und wenn, dann nehmt ihr es
mit ihr auch – mit unter –
nicht so genau.

Wahrheit :　　　　　　　　*Ja, leider.-- Für mich gibt es kaum*
etwas zu tun. Deshalb werde ich
mich irgendwann einmal zu Tode
langweilen.
(stösst einen tiefen Seufzer aus.)

Ego :　　　　　　　　*Aber es ist auch oft genug so eine*
Sache mit der Wahrheit.
Unter bestimmten Umständen
ist Wahrheit nicht gleich
Wahrheit.

Spiegel (lacht, dann) : Oh ho,--
Vergesst nicht, wo ihr seid ! --
Madame ist DIE Wahrheit.
Mit euren persönlichen
Wahrheiten,
welche du hier meinst,
hat sie nichts zu tun. --
Die persönlichen Wahrheiten ?! -
Ach, du meine Güte,
die gibt es, wie Sand am Meer.
(er lacht)

Wahrheit :   *Ja, in dem Bezug hat jeder Mensch*
seine eigene Wahrheit ! --
Deshalb habe ich ja auch ein
ganzes Rudel an Halbschwestern.
Einfach entsetzlich das Ganze. --

Ego :   *Was ist denn da los ?*

Spiegel :   *Ach das ist nichts besonderes. --*
Das ist das Zeichen dafür,
das die Lüge naht.

Eine Frau, im total zerzausten und zerrissenen Kleid wird
von zwei Sanitätern auf einer Krankentrage liegend
hereingetragen. Ihr folgt eine Frau, die wie ihre
Zwillingsschwester aussieht, aber nicht so arg zugerichtet
ist. Sie sieht, trotz leichter Zerzaustheit, noch relativ
gepflegt aus. Die *Wahrheit* stürzt sogleich auf die Frau,
die auf der Trage liegt, zu.

Wahrheit :   *Ach, meine arme Schwester.--*
War es heute wieder sooooo
schlimm ?

Lüge (auf der Trage nach Luft ringend) :
Ja, es war heute wieder sehr
schlimm !
Von diesem ewigen Belügen,
und Betrügen, --
und insbesonders diesem ewigen
Selbstbetrug der Menschen
habe ich wirklich langsam
die Nase gestrichen voll.
(sie schnäuzt in ein grosses
Taschentuch)

Ego (erstaunt) :   *Ist das etwa das Gegenstück zur*
Wahrheit ?

Spiegel (ihm zunickend) :
Wenn du denkst,
daß dies die Lüge ist,
so hast du recht.
Und ihre Zwillingsschwester,
die ihr
so fürsorglich das Händchen hält,
das ist eine eurer allseits
beliebten Halb ... Wahrheiten.
(schmunzelt)

Ego (kleinlaut protestiernd) :

Halbwahrheiten ? --
Gibt es denn viele Formen der
Wahrheit.-

Spiegel (mit Fuß aufstampfend) :

Nein !
Es gibt NUR eine Wahrheit !-
Eure Wahrheiten sind eher ein
UMformen jener Sichtweisen,
die ihr für diese haltet. --

Ego (nachdenklich) :   Du meinst also, wir sind es,
die bestimmen, was für uns
die jeweilige Wahrheit ist ?!

Spiegel (erfreut, Hände klatschend) :

Du verstehst schnell.--
Bist gescheit.--
Ich hoffe, die Menschen dort oben
(deutet ins Publikum)
können dir noch folgen. --

Wahrheit :   So erschafft jeder Mensch
eine bestimmte Wahrheit
für sich. --

Spiegel (sich an Ego wendend):

Kurzum,--
Jedem Menschen seine Wahrheit.
(fügt ihm zuflüsternd hinzu)
Oder das, was er dafür hält.---

Ego :	*Ich merke immer mehr,*
	daß ich so gut wie garnichts
	weiss !!--
Spiegel :	*Worüber ?? --- Garnichts ?!*
Ego (kleinlaut) :	*Mich selbst. --*
Spiegel (überrascht) :	*Also lass uns nun beginnen,*
	Dir zu zeigen,
	was der Mensch wahrhaftig ist.--
	Aber ! -- (drohende Gebärde)
	Ich sag dir voraus,
	du wirst's bereuen.--
Ego :	*Ich will ! --*

Eine Frauengestalt (die Liebe) huscht heran. Direkt auf die Wahrheit zu. Dicht gefolgt von einem jungen Mann (der Trieb). Wahrheit und Liebe begrüssen sich mit herzlichen Umarmungen.

Liebe :	*Bruder ! -- Bruder ! --*
	Komm' rasch.
	Gleich beginnt die Nacht.--
	Hurtig fort und frisch ans Werk.--
Trieb :	*Ich komme.-- Ich eile.--*
Ego :	*Wer sind die denn ? --*

Spiegel :	*Wie bitte ?! --*
	Du erkennst die beiden grössten Geschenke,
	die der Kosmos dir je gegeben hat,
	... nicht ?!
Ego :	*Geschenke ?*
Spiegel :	*Die Liebe*
	und die unersättlichen Triebkräfte.
Ego :	*Die Liebe , oh ja. --*
Spiegel :	*Und die Triebkräfte. --*
	Jene Kräfte, die der Mensch bis heute nicht beherrschen kann.--
	Noch immer wird er beherrscht von seinem animalischen Erbe.--
Ego :	*Du meinst die Sexualität ? ...*
Spiegel :	*Die auch .. .aber nicht nur die.*
	Es wäre viel zu eng gefasst, die Triebkräfte nur auf dies' Eine zu reduzieren.--
	Nicht doch.--
	Was ist mit jenen and'ren dunklen Trieben,
	die im Unbewussten deines viel zu beschränkten Geistes hausen.--
	All die ungelebten Wünsche,
	All das aufgegeb'ne Hoffen. --

All das, was nie gelebt.--
Und das eure klügsten Köpfe
Schatten nannten?

Ego :   Schatten ?

Spiegel :   Der Schatten ist alles das,
                         was ihr euch nie traut zu leben.--
                         Manchmal auch
                         innerer Schweinehund genannt. --

Liebe :   Bruder, laß uns nun die Liebe
                         leben.--
                         Deinen Freuden gänzlich
                         hingegeben. --

Trieb (nickt)

Beide eilen davon. Ein älterer Mann kommt ihnen
entgegen. Sie erschrecken kurz, als sie ihn sehen.- Deuten
auf Ego und machen sich dann kichernd davon. -

Älterer Mann (Gewissen) :
                         Ist er bereit ?

Spiegel (sich verbeugend) :
                         Er ist bereit !! --
                         Darf ich dir vorstellen ?
                         (sehr feierlich)
                         Das Gewissen. --

Gewissen (Ego streng anblickend) :
                         Das ist also der Angeklagte ?

Spiegel :	Sozusagen. --
Ego :	Angeklagter ? -- Ich bin mir keiner Schuld bewusst.--

Spiegel (deutet ihm, daß er schweigen soll)

Gewissen :	Kommt ruhig näher.-- Oder plagt euch das schlechte Gewissen ?

Ego (demonstrativ) :Nein !--

Spiegel (erklärend) :Wahrheit
nimmt den Platz des Anklägers ein.
Das Gewissen
logischer Weise den des Richters. --
Und ich ... ich werde dich
selbstverständlich verteidigen !! --

Ego :	Du mich verteidigen ?! --
Spiegel :	Ja, wer denn sonst ?! --

Lüge (aufheulend) : Ich halt das alles nicht aus.--
Meine Nerven, oh nein !!
Bringt mich fort !! --

Die Sanitäter heben ihre Trage auf und eilen mit ihr
davon. Wahrheit winkt ihr nach.

Wahrheit wehklagend) :
>   *Ach, meine arme Schwester.--*
>   *Seht nur.--*
>   *Seht nur, wie sie leidet ...*
>   *(grimmig auf Ego deutend) :*
>   *Wegen euch !!*

Von allen Seiten betreten jetzt die Geschworenen die Szene und nehmen auf der aufgestellten Bank Platz.

Gewissen (sich umsehend) :
>   *Wo bleibt denn der Protokollführer?*

Ein älterer Mann mit Nickelbrille und einem Haufen Akten unter dem Arm kommt heran.

Gewissen (tadelnd) : Da sind sie ja endlich !!
>   *(wendet sich an Ego)*
>   *Bekennt ihr euch schuldig ?*

Ego (trotzig) :   ICH .. bin mir keiner Schuld
>   *bewusst.--*

Wahrheit :   Genau das ist ja das Problem.--

Gewissen :   Wirklich interessant.--
>   *Ins Protokoll aufnehmen.*
>   *Der Angeklagte hält sich für*
>   *VOLLKOMMEN unschuldig.*

Ego :   Genau ! --

Spiegel :	*Es wäre besser, wenn du dich gleich von vornherein für schuldig bekennen würdest !--*
Ego :	*ICH habe nichts zu bekennen !!--*
Spiegel :	*Also gut .- Bekenntnis : Unschuldig.--*
Ego :	*Ich kann mich ja wohl schlecht zu etwas bekennen, wenn ich nicht weiss, wessen ich mich schuldig gemacht haben soll !!*
Gewissen :	*So, so, sie wollen also wirklich wissen, weshalb sie hier angeklagt sind ?*
Ego :	*Ja, natürlich !! -*
Gewissen :	*Also gut, Frau Anklägerin, bringt eure Klage vor.--*
Wahrheit (deutet mit ausgestreckten Arm und Zeigefinger auf Ego) :	*Hiermit klage ich den Menschen an !*
Gewissen :	*Welches Verbrechen soll er begangen haben ?*

Wahrheit :　　　　　　*Nun, der Mensch sollte eigentlich*
　　　　　　　　　　　　der Herr über die Erde sein ! --

Spiegel (in die Anklage hinein sprechend, zum Publikum,
　　　wie erklärend) :
　　　　　　　　　　... und ein Mensch sein, der brav
　　　　　　　　　　nach den gesellschaftlichen
　　　　　　　　　　Zwangsgesetzen
　　　　　　　　　　lebt und sich nichts,
　　　　　　　　　　aber auch garnichts
　　　　　　　　　　zu Schulden kommen lässt ...

Wahrheit :　　　　　　*... und damit die Krönung*
　　　　　　　　　　　　der irdischen Schöpfung sein ...

Spiegel (wie zuvor) :
　　　　　　　　　　... und ja ein von der Gesellschaft
　　　　　　　　　　vorprogrammiertes Leben,
　　　　　　　　　　ohne Murren
　　　　　　　　　　und ohne Unzufriedenheit zu
　　　　　　　　　　entwickeln, durchlebt ...

Wahrheit (protestierend) :
　　　　　　　　　　Herr Richter, ich muss protestieren !
　　　　　　　　　　Der Herr Verteidiger verunglimpft
　　　　　　　　　　die Anklage ! --

Spiegel (endend) :　　*... und damit ein Musterlebewesen*
　　　　　　　　　　　　wird !--

Wahrheit :　　　　　　*Aber wozu hat er sich in*
　　　　　　　　　　　　Wirklichkeit entwickelt ... ?

Spiegel (auf Ego deutend) :
　　　　　　　　Er ?! -- Sich zu etwas entwickelt ?--

Wahrheit :　　　　*Ja, entwickelt ! --*
　　　　　　　　Entwickelt zu einem Lebewesen,
　　　　　　　　das ein monotones Leben führt !--

Spiegel (wie belehrend) :
　　　　　　　　Also ein Leben führt, wie es Staat
　　　　　　　　und Gesellschaft von ihm
　　　　　　　　FORDERN !

Wahrheit :　　　　*Sich lieber Vorschriften machen*
　　　　　　　　lässt,
　　　　　　　　als selbst Initativen zu ergreifen ! -

Spiegel (wie zuvor) :　Sich also konform verhält,
　　　　　　　　So wie man's von ihm erwartet.--
　　　　　　　　Was soll daran nicht richtig sein ? -

Wahrheit (etwas genervt) :
　　　　　　　　Morgens Aufstehen
　　　　　　　　und zur Arbeit gehen ...
　　　　　　　　Abends, wenn man Familie hat
　　　　　　　　die Funktion des lieben Vaters
　　　　　　　　übernehmen.
　　　　　　　　Nach dem Abendessen sich von den
　　　　　　　　Nachrichten die Meinung bilden
　　　　　　　　lassen.
　　　　　　　　Oder sie umbilden lassen,
　　　　　　　　je nachdem, was gerad' geschah. --
　　　　　　　　Oder er geht,
　　　　　　　　falls der Mensch noch nicht zu

bequem
geworden,
ins Theater, Kino, oder sonst wo hin
Vielleicht in eine Disco oder Bar.
Um sich auch dort durch Musik
und vollkommen belangloser
Unterhaltung
unterhalten zu lassen. --
Auch macht er oft genug auf Party.
Und das nur,
um die Zeiten grenzenloser
Langeweile
pseudomässig sinnvoll zu
verbringen. --
Er macht gute Miene zu einem
... von ihm selbst erdachten ... bösen
Spiel,
daß er im Selbsthass mit seinem
eignen Herzen treibt. --
Langeweile tot zu schlagen,
das ist sein schönster
Zeitvertreieb.--
Und das alles nur,
 um den Freund nicht gar zu arg
 zu kränken,
 oder seinen Chef nicht allzu arg
 zu ärgern.--
Er unterliegt dem Unseeligsten
aller Zwänge. --
Dem Zwang
der ungewollten Freiwilligkeit !

Spiegel (dazwischen rufend) :
            Genau, dem freiwilligen Zwange !!

Da stimme ich dem Zwerg zu. Wie oft mache ich Dinge, die ich eigentlich nicht tun will. Aber dieser besagte freiwillige, unfreiwillige erzwungene Gruppenzwang, der läßt es zu, daß ich sie dennoch tue. Aber ich bin nun einmal, wie alle Menschen, die hier mit mir gemeinsam dieses sonderbare Spiel betrachten, ein Teil der Gesellschaft. Einer Gruppe. Und da unterliegt man dann eben gewissen Zwängen. Muß sich eben arrangieren.

*Wahrheit (fortfahrend): Ja, er beugt sich diesem Zwang,
            den die Gesellschaft ihm auferlegt !*

Spiegel :   *Dafür kann er doch aber garnichts !!*

Wahrheit :   *Er könnte sich schon seinen
            Freiraum schaffen ...*

Spiegel (dazwischen fahrend) :
            *... aber auch das nur in
            festgelegten ...
            geduldeten Grenzen ...*

Wahrheit (Spiegel grimmig ansehend) :
            *Aber selbst diesen Freiraum,
            und mag er noch so klein sein,
            schafft er sich nicht ...
            Er ist für sich selbst
            zu bequem geworden ...*

Spiegel (erneut dazwischen fahrend) :

> *... und würde er das alles nicht*
> *machen, was würde dann mit ihm*
> *geschehen ?--*
> *Die Gesellschaft mit ihren Normen*
> *wird ihn als Revolutionär*
> *beschimpfen, --*
> *schlimmer noch,*
> *als elenden Weltverbesserer aus*
> *ihren*
> *Kreisen schnell verbannen. --*
> *Denn ihr ist alles Unbequeme arg*
> *verhasst.-*
> *Sie vernichtet alles, was ihr nicht*
> *passt.--*
> *Also, ordnet er sich unter ...*
> *sich ein ...*
> *denn er will leben !! --*
> *Ordnet sich unter.--*
> *Betrügt sich, um seiner selbst*
> *Willen, selbst.--*
> *Lebt nicht das Leben, das er*
> *wollte.--*
> *Lebt nicht das Leben, das er*
> *wünschte.--*
> *Lebt nicht das Wesen ... das er ist !!*

Wahrheit (einwerfend) :

> *Im Gegenzug befriedigt die*
> *Gesellschaft*
> *all seine Bedürfnisse.--*

Spiegel : Nicht ganz.--
Sie schafft Bedürfnisse,
die er , durch geschickte
Manipulation
für die seinigen hält.--

Wahrheit : Ja, aber ...

Spiegel (fährt ihr über den Mund) :
Nichts, aber ! -- Werte Dame ! --
So wird er stets um sich selbst
betrogen,
Und hat sich, zu guter Letzt,
nur immer selbst belogen.--

Wahrheit : Er hat seine ganze schöpfersiche
Existenz
dem selbsterschaffenen Trugbild
geopfert.--
Er hat seine,
ihm von der Schöpfung
zugedachten Aufgabe
NICHT erfüllt !!!!!!!! ---

Spiegel (empört) : Einspruch ! --
Er hat nur getan, was die
Gesellschaft, in der er lebt,
von ihm verlangte.--

Ein kurzer Augenblick der Stille tritt ein.--

Oh, das ist gut. Wohltuend. Nach diesem langen wüst hervorgebrachten Tiraden. Ein kurzer flüchtiger Moment der Reflexion. Wie hieß es gerade eben?
Wir.- Ich benehme mich, wie es die Gesellschaft von mir verlangt. Also kann ich nichts für all die Zwänge, denen ich ausgesetzt bin. Schön!- Das Spiel sagt mir, das ich nichts dafür kann, wie die Dinge sind ! - Aber woher kommt denn dann dieses leichte Unbehagen ?- Die Gesellschaft ... das bin ich ja ich ... das sind wir alle ... Also doch eine selbst erdachte Falle ?- Selbst erdachte Zwänge ?- So ein Mist. Also doch keine Ausrede ! --

Ego (plötzlich vehgement auffahrend) :
                    Das stimmt ja alles garnicht !!--
                    Das ist ja alles erstunken
                    und erlogen !!--

Gewissen :   *Angeklagter, ich muss doch bitten!--*

Wahrheit :   *So, ich denke nach dieser Anklage*
                    sollte der Angeklagte erst einmal
                    Angaben zu seiner Person machen.-

Gewissen :   *Ach ja richtig.--*
                    Gut das sie mich daran erinnern.--
                    (zu Ego gewandt) : Ihr Name ?

Ego :   *Das Ego eines Menschen.--*

Spiegel :   *Schreiben sie ganz einfach :*
                    Mensch in das Protokoll.

Gewissen :   *Wie alt ?*

Ego :   *Etwa 5 Millionen Jahre alt.--*

Spiegel :   *Das ist leicht übertrieben.--*
                           Zivilisiert erst seit etwa
                           7000 Jahren.

Wahrheit :   *Einspruch, werter Richter.--*
                           Ich denke ... zivilisiert ...
                           bis heute nicht !!

Ego (schimpft) :   *Frechheit ! -- Unverschämtheit ! --*
                           Eine bodenlose Gemeinheit ! --

Gewissen :   *Wo wohnen sie ?*

Ego :   *Auf der Erde .--*

Wahrheit (wie zu sich selbst) :
                           Das hat man gemerkt. --
                           (zu Ego, laut, leicht aggressiv)
                           Wohnen ? --
                           Ich denke, eher gehaust.--
                           Wie die Vandalen.--

Gewissen (zur Wahrheit) :
                           Würden sie bitte ihre steten
                           Zwischenrufe unterlassen ?

Wahrheit (nickt) :   *Verzeiht.--*

Gewissen (Ego zuwendend) :
                           Geburtsdatum ?

Ego :	*Am sechsten Schöpfungstag. --*
Gewissen (ihn skeptisch ansehend) :	*Nun ja,* *wollen wir uns für's erste* *mit dieser Antwort zufrieden* *geben.--* *(sich umsehend)* *Hat noch jemand eine Frage* *an den Angeklagten ?*
Wahrheit :	*Ja, ich.--* *ihr habt euch eben nicht als* *Mensch,* *sondern als Ego eines Menschen* *bezeichnet.*
Ego :	*Richtig.--*
Wahrheit :	*Da ein Mensch grundsätzlich ein* *Ego,* *ein Ich, hat und sie selbst sagen,* *das sie* *eines sind,-* *müssen sie dann nicht zwangsläufig* *auch ein Mensch sein ? --*
Ego :	*So gesehen, ... ja.--*
Wahrheit :	*Ich möchte hiermit feststellen,* *das der Mensch, wenn er geboren* *wird,* *ein Individuum ist.--*

Gewissermaßen ist es so,
daß ein neu erschaffenes Ich
in einen menschlichen Körper
einzieht.
Der Mensch ist also nichts anderes
als ein gestaltgewordenes Ich.--

Ego :   *Ich soll nur ein Ich sein,*
               daß Gestalt angenommen hat ?
               Nein, ich bin viel mehr, als das !! --

Wahrheit :   *Ich denke, wir rufen jetzt den*
               ersten Zeugen auf.

Gewissen :   *Wer ist das ?*

Wahrheit :   *Die Öffentliche Meinung.--*

Öffentliche Meinung   *(erhebt sich von der*
                      Geschworenenbank und tritt vor.)

Wieder so ein Einfall des Autoren. Die Zeugen sind gleichzeitig Geschworene. Anklagende sind gleichzeitg Richter. Soll mir das etwa die Absurdität meiner eigenen Situation aufzeigen ?

Ego (energisch vortretend) :
               Ihr wollt doch nicht ernsthaft
               auf die Öffentliche Meinung hören ?

Wahrheit :   *Hohes Gericht. -*
               Für diesen Prozeß ist es von grosser
               Bedeutung diese Zeugin zu hören !!

Gewissen :	*Einspruch abgelehnt.--*
Wahrheit :	*Die Zeugin hat überaus Wichtiges zu sagen !! --*
Ego (lacht) :	*Wichtiges zu sagen ?! --*
	Das ich nicht lache ! --
	Klatsch und Tratsch ist das einzige,
	das sie hier vorzutragen hätte.--
	Ganz gewöhnlicher ordinärer Tratsch.--

Spiegel (an Egos Seite tretend) :

    Der Angeklagte möchte damit ausdrücken,
    daß es unter der Würde des Gerichtes wäre
    die Öffentliche Meinung ernsthaft anzuhören.--

Wahrheit :	*Trotz der Einlassungen der Gegenseite möchte ich das Gericht darum bitten die Aussage der Öffentlichen Meinung zuzulassen.*
Gewissen :	*Also gut, hören wir sie uns an.--*
	Und ich entscheide hinterher, ob die Aussage im Protokoll verbleibt.--

Spiegel (zähneknirschend) :
                    Damit können wir uns anfreunden.

Wahrheit (nickt zustimmend)

Spiegel (meldet sich, als habe er einen Einspruch)

Gewissen :   Was denn nun noch, Herr
                    Verteidiger ?? --

Spiegel :   Könnte die Zeugin zuvor noch
                    erklären,
                    was ihr Tätigkeitsfeld ist ??

Öffentliche Meinung : Aber natürlich tue ich das liebend
                    gerne !! --

Gewissen :   Eigentlich entscheide ich so etwas,
                    werte Dame ! --

Öffentliche Meinung : Entschuldigung.-

Wahrheit :   Also dann.-- Berichten sie bitte.--

Öffentliche Meinung : Also, wie schon gesagt, ich bin die
                    Öffentliche Meinung. -- Hm.--
                    Also ...
                    Wie soll ich sagen ...
                    Ich bilde halt die Meinung der
                    Öffentlichkeit.

Spiegel :   *Können sie bitte dem Gericht*
                             einige Beispiele ihrer
                             Handlungsweise erläutern ...

Öffentliche Meinung : *Aber natürlich.-*
                             Sehr gerne sogar ...
                             Wenn jemand eine Bank ausraubt
                             und von der Polizei nicht gefunden
                             wird,
                             dann stelle ich den Räuber
                             als ungeheuer klever
                             und die Polizei als unheimlich
                             dumm hin.--
                             Wenn in einer Stadt ein Mörder
                             umgeht,
                             dann stelle ich ihn
                             als blutrünstiges Monster dar.--
                             Und wenn es eine neue Mode gibt,
                             überzeuge ich alle davon,
                             das jeder out ist, der sie nicht trägt.
                             Aber am liebsten,... ja, am liebsten
                             verbreite ich Gerüchte.--
                             Ich brauche nur über jemanden
                             einige Schlechtigkeiten verbreiten,
                             schon wird er von der Öffentlichkeit
                             gemieden.--
                             Verbreite ich aber Positives über
                             Menschen,
                             so werden sie von heut' auf morgen
                             von aller Welt geliebt.--
                             So richtet sich alle Welt nach mir,
                             obwohl nicht alle meiner Meinung
                             sind.--

Aber die meisten machen
meine Meinung mit. --
Denn wer gegen den gängigen Strom
der Meinung schwimmt ...
(macht Wegwerf - Bewegung)
... der ist out.--
Insbesondere sorge ich stetig dafür,
das all diejenigen ausgegrenzt
werden,
die die Schlimmsten aller Lügen
verbreiten :
Die Wahrheit ! --
(schweigt kurz)
Denn die will ohnehin niemand
wissen.--
Das Volk will dumm gehalten
werden !--

Spiegel :   Dumm gehalten werden ?--
Ich denke nicht.--
Ist es nicht eher so,
daß es dumm gehalten wird ! --

Öffentliche Meinung :
Dumm halten ?-
Dumm gehalten ?--
Was ist da der Unterschied ?-
Es muss auch dumm gehalten
werden,
Und wer macht das ?-
Natürlich ich !--
Wer lässt alle Nachrichten
verbreiten?

Zeitung und TV ?--
Natürlich ich ! --

    Ja, genau.-- Was soll ich auch machen ? Tagtäglich bin ich dieser Informationsflut ausgesetzt und weiss nicht mehr, was richtig oder falsch davon ist.-- Aber trotzdem muss ich mir eingestehen.-- Aus dieser Informationsflut bilde ich mir dann doch oft genug eine ... meine ... Meinung. --- Wieder voll erwischt ! --

Ego :   *Genau, genau, so ist es !--*
                              Du sorgst dafür,
                              daß sich die Leser Deine Meinung bilden.--
                              Und doch lässt das Volk es zu.--
                              Aber nur deshalb, weil es von den Medien
                              wissendlich manipuliert wird.--

Wahrheit :   *Ja, nur was kann die Öffentliche Meinung*
                              dafür, daß das Volk sich manipulieren lässt?
                              Es hat die freie Wahl.--

Ego :   *Eine freie Wahl ...*
                              eingeschränkt durch freiwilligen Zwang !! --

Öffentliche Meinung :
                              Der Mensch ist eben ein Herdentier.

Spiegel :	*Aber das alles so ist, wie es eben ist,*
	daß ist doch nicht die alleinige Schuld des Menschen.
	Allerhöchstens trifft ihn eine MITschuld.
	Denn der Mensch ist ein Wesen, das daran interessiert ist seine Bedürfnisse zu stillen.--
	Und von der Umwelt und der Industrie werden diese nach Möglichkeit gestillt.--
	Überall kann er kaufen, was er benötigt, um seine Gelüste zu stillen.--
	Und dennoch werden immer mehr Dinge produziert und dem Menschen suggeriert,
	daß er dies alles braucht, um gut zu leben.--
	Und wenn er dann befriedigt ist, dann ist er glücklich und zufrieden.
Ego (ergänzend) :	*Er meint glücklich und zufrieden zu sein.--*
Spiegel :	*Richtig ! --*
	Er verkommt zu einem monoton dahin vegetierenden Konsumenten.--

Ego :	*Also sind zuvor die Umstände,*
	in denen der Mensch lebt, zu
	verändern.--
	Dann wird sich auch der Mensch
	zwangsläufig ändern.--
Wahrheit :	*Genau.--*
	Der Mensch ist ein
	Gewohnheitstier.--
	Er richtet sich nach den
	Gegebenheiten,
	in denen er lebt.--
Spiegel :	*Also müssen hier die Umstände*
	und Bedingungen angeklagt
	werden,
	in denen er lebt und nicht der
	Mensch.--

Eine Gestalt erhebt sich auf der Geschworenenbank.

Gestalt (Moral) :	*Das geht zu weit.--*
	Habt ihr denn alle keine Moral ? --
Wahrheit :	*Dafür haben wir doch dich,*
	Hüterin der Moral.--
	Tritt vor, wenn du etwas zu sagen
	hast.--
Spiegel :	*Darf denn hier so mir nichts, dir*
	nichts, jeder einfach reden ? --

Moral *(tritt vor, und direkt an die Seite von Öffentliche*
Meinung) :

> Ich bin die Moral
> und muss aufs Schärfste
> protestieren.--

Spiegel :

> Dieses Recht haben wir auf unsrer
> Seite.--

Gewissen :

> Ich bitte um etwas mehr Ruhe.--
> *(zur Moral gewandt)*
> Und welchen Beitrag leistet ihr
> in dieser Sache ?

Moral :

> Eine ganz besonders wichtige,
> natürlich ! --

Ego :

> Wie das? -
> Schliesslich gehört sie zu den
> Übeltätern, die die Menschheit von
> jeher
> in ihrer Entwicklung behindert hat,
> wo sie nur konnte.--
> Die Öffentliche Meinung und die
> Moral.-
> Ein wahrhaft reizendes Pärchen !!--

Öffentliche Meinung : Das ist unerhört !! --

Moral :

> Eine bodenlose Frechheit !! --

Spiegel :	*Hohes Gericht, wir versuchen nur ein wenig Wahrheit in die ganze Angelegenheit zu bringen.--*
Wahrheit :	*Mässigen sie sich, Herr Anwalt.-- Die Wahrheit ist wohl noch immer meine Sache.--*
Spiegel : die	*Aber das Gericht muss doch über wahren Absichten von der Moral aufgeklärt werden.--*
Ego :	*Schliesslich hat die Moral über die Jahrtausende durch ihre Ansichten und ihre Vorstellungen von Moral dafür gesorgt, daß sich die Menschen immer nach den von ihr bestimmten Vorstellungen richten mussten.-- Was moralisch einwandfrei war, daß hat sie über Jahrtausende bestimmt.-- Und dem Menschen so regelrecht Fesseln angelegt.-*
Moral (sehr erregt) :	*Ich ?!-- Fesseln angelegt ?!-- Du Verwegener, beschimpfst mich so ?-- (zu den Geschworenen) Kommt, Schwestern und Brüder.- Zeigt diesem kleinen unbedeutenden Wicht, wer und was wir sind.*

Die Geschworenen treten vor.

Anstand :   Keine Angst,
der Anstand steht dir zur Seite.-
Schon bald wird er sehr brav sein.--

Mann (mit dickem Buch) :
Meinen gesellschaftlichen Normen
wird er sich beugen ! --

Ego :   Niemals werde ich das !! --

GesellschaftsNorm : Er soll ja nichts gegen mich sagen,
sonst lasse ich ihn ganz einfach
links liegen und verbreite mit Hilfe
der Öffentliche Meinung gemeine
Lügen als Wahrheit über ihn.--
Dann wird er plötzlich von allen
gemieden,
keiner will mehr etwas mit ihm zu
tun haben.
Doch solange er anständig ist,
moralisch einwandfrei
den gesellschaftlichen Normen
gehorcht ...
Ja, solange wird er voll und ganz
in die Strukturen der von ihm
geschaffenen Gesellschaft ruhig und
friedlich leben können.--
Er darf nur nie danach fragen,
ob man etwas verändern könnte.--

Ego (ironisch) :   *Ja, natürlich.-*
Ganz brav sein.- Artig sein.-
(zum Publikum)
Habt ihr das gehört ?!--
Ganz brav und artig sollen wir sein !
An den derzeitigen Zuständen ja
nichts ändern.-
Sonst werden wir sofort
von diesen dort abgestempelt
als elende Weltverbesserer !--
Also muckt bloß nicht auf !-
Lasst alles so, wie es jetzt ist.--
Dann geht es uns allen gut ! --
(deutet an, daß er kurz davor ist
zu erbrechen)

Anstand (tritt an Ego heran) :
Aber, mein Lieber.-
Schämst du dich denn garnicht
die Wahrheit so total zu verdrehen ?
(zum Publikum)
Natürlich dürft ihr eure Meinung
frei äussern ...

Ego :   *... aber nur bis zu einer bestimmten*
von denen
(deutet auf die Geschworenen)
festgelegte Grenze ...

Anstand (stampft wütend mit dem Fuß auf)

Öffentliche Meinung : *Genauso ist es.--*
Ihr werdet solange in Frieden
und Zufriedenheit leben können,
solange ihr euch an
unsere Bedingungen haltet.--

Anstand : *Nun ja, und die Bedingungen*
bestimmen, was moralisch ist und
was nicht.
Bestimmen, was anständig ist und
was nicht.
Das machen natürlich WIR .-

Ego : *Also alles unter Kontrolle,*
in der Selbstkontrolle.--
Und so kontrolliert, kontrolliert
man sich bald selbst und
gegenseitig.
Bis ausser der Kontrolle
nichts mehr bleibt.--

GesellschaftsNorm : *Lästere du nur weiter.--*
ich finde es ganz gut,
wenn jemand die Unartigkeiten des
anderen moniert
und ihn so stets korrigiert.--

Ego : *Und am Ende des ganzen*
Korrigierens ?--
Am Ende jedweder Korrektur ? --
Gibt's nur noch den
Einheits-Menschen.--
Als grösste Schöpfung der Natur ! -

Wahrheit (einschreitend) :
> *Ihr versteht uns ja vollkommen*
> *falsch !! --*

Ego :
> *Oh, ich glaub', ich verstehe*
> *euch besonders gut !--*
> *Doch glaubt mir,*
> *der Mensch ist ein Individuum.--*
> *Er bleibt einzigartig.--*
> *Eben individuell.--*
> *Aber aufgrund seiner Sozialisierung,*
> *wie es so schön gesagt wird,*
> *macht er oft genug Dinge,*
> *die er eigentlich so garnicht machen*
> *will.--*
> *Aber da gibt es eben etwas,*
> *das ihn zwickt und zwackt,*
> *ihn im Zaume hält.--*

GesellschaftsNorm : Und das wäre ?

Ego : Der Freiwillige Zwang.--

Alle Geschworenen treten jetzt gemeinsam vor. Bilden
eine Gruppe.

Ego (wie anklagend, auf die Gruppe deutend) :
> *Hohes Gericht, seht diese dort.--*
> *Die sich dort zusammen gerottet*
> *haben.--*
> *Sie sind's, die stets versuchen,*
> *den Menschen zu formen,*
> *nach ihrem Willen.--*

Und das der Menschen diesem
Willen
des öfteren unterliegt,
um seine Art zu schützen,
daß lastet ihm nicht an.--
Herr Richter,
schaut euch das Leben des
Menschen
einmal an ...
und richtet dann !! --
(zu Spiegel)
Hilfst du mir dabei ?--

Spiegel :   Sehr gerne sogar.--

Spiegel tritt zu Ego. Die Gruppe steht, leicht kreisförmig,
am Rand des Podestes.

Ego :   Der Mensch wird in eine Welt
hineingeboren,
die ihm nicht unbedingt gefällt.--

Spiegel :   Nicht gefällt ?-
Aber weshalb denn nicht ?-

Ego :   Weil er nicht frei ist,
nicht einfach machen kann,
was er will.--

Spiegel :   Weshalb kann er nicht machen,
was er will ? --

Ego :   *Er wurde hineingeboren*
in eine Gesellschaft von Menschen,
die nach vielen ungeschriebenen
Gesetzen lebt.--
Er wird erZOGEN.--
Man lausche der Bedeutung
dieses Wortes !-

Von der Gruppe geht leicht protestierendes Gemurmel
während er weiteren Erzählung aus.

Diesen Gesetzen DARF er jetzt
gehorchen.-
Zwei Möglichkeiten hat er ...
... ach, wie trügerisch ...
sich zu unterwerfen oder nicht ! --
(er lacht laut auf)
Aber macht euch keine Sorgen.-
Die Eltern, selbst in diesem
System der Erziehung ganz
gefangen,
werden es schon richten ...
Das Kind wird ganz getreu nach
den ungeschriebenen Gesetzen
erZOGEN.-
Schon früh wird es belehrt,
was richtig ist, was falsch.--
Was man tut, was nicht.--
So ist der Weltenlauf.--
Auf das das Kind gleich den Eltern
werde.-
Zuerst da ist die Sprache dran,
dann kommt das Benehmen.--

Spiegel :   *Also wird es gleich in der ersten*
Lebensphase so geformt und
hingeknetet,
daß es gesellschaftsfähig wird.--

Ego :   *Ja, das eigentliche Ich,*
mit dem es geboren wurde,
wird unterdrückt.--
Und wenn es tagträumerisch
von märchengleichen Wesen
spricht,
dann wird durch Eltern Wort
ganz schnell,
diese schöne Kinderwelt,
durch Realitäten weggewischt.--

Spiegel (zum Publikum, wie belehrend) :
                                       Eine menschliche Seele verkörpert
sich,
als Kind ... auf Erden,
So aber kann seine wahre Natur
ja nie entfaltet werden.--

Ego :   *Genau.--*
Die Seele.- Das Ich.
Charakter und Persönlichkeit.
Sie alle passen sich an.--
Sie wollen es nicht.--
Aber sie müssen.--
So entstand der gewöhnliche
Mensch,
der jetzt so zahlreich auf Erden
wandelt.--

Spiegel :   *Ich bin beeindruckt bezüglich*
                                   deines Wissens.-
                                   Wie hast du diese Erkenntnisse
                                   erworben?

Ego :   *Indem ich alles beobachtete,*
                                   was ich sah.--
                                   Indem ich alles hinterfragte,
                                   was mein Inneres ... sah.--

Spiegel (auffahrend) :
                                   Hinterfragt ?!--
                                   Aber damit hast du ein Verbrechen
                                   begangen ! --
                                   Ein Verbrechen gegen diese ! --
                                   (weist auf die Gruppe)

Wahrheit (dazutretend) :
                                   Das grösste Verbrechen von allen !
                                   Du hast dich selbst belehrt.--

Ego :   *Ja, meine Seele war mein Lehrer.--*
                                   Mein Ich, mein Ego habt ihr
                                   ... scheinbar ... nur gezähmt.--
                                   Fürwahr, ich ließ euch in dem
                                   Glauben.-
                                   Aber glaubt mir, ich bin nicht
                                   allein.
                                   Von meinesgleichen gibt es Viele.--
                                   Bald steht der Einheit-Mensch
                                   allein!!--

Allgemeines Entsetzen.

Wahrheit :	*Aber ! - Aber ! - (ausser sich)*
	Das darf er doch nicht.--
	So lautet das oberste Gebot ...
Ego :	*... verzeiht, Verbot wolltest du wohl sagen ?*
Wahrheit :	*In dieser Gesellschaft darf sich niemand selbst belehren ! --*
	Man darf sich nur selbst belehren lassen.--
	Wozu ist denn sonst die Schule gut.--
Ego :	*Um zu lernen, was man braucht, um der Gesellschaft von Nutzen zu sein !-- Und um zu funktionieren !--*
Wahrheit :	*Ja, gewiss.--*
	Lernt alles, damit ihr von Nutzen seid.--
	Euch dem GemeinWOHL verpflichtet fühlt.-
Öffentliche Meinung :	*Bringt ihr euch aber selbst etwas bei,*
	dann könnte es sein,
	daß ihr einiges erfahrt und hinterfragt,
	was ihr nicht erfahren sollt.--
Ego :	*... Wissen hervorbringt,*
	daß ihr geflissentlich verbergt.--

GesellschaftsNorm : *Durch uns werdet ihr zu Bürgern erzogen, zu Menschen, die brav und artig ihre Arbeit tun.-*

Ego (in grosser Geste zum Publikum) :
Nur nicht denken,-
Lasst euch lenken,-
Könnt eure wahre Freiheit nicht erfassen,-
Wollt ihr wirklich eure Entwicklung ersticken ... lassen ?-

Moral : *Was ist daran so schlimm.-*
Ich hasse alle, die die Welt verbessern wollen.
Die Welt soll bleiben, wie sie ist.

Ego : *Gelobt sei der Stillstand.--*
Schon mal was von Evolution gehört ?

Wahrheit : *Evolution ? -- Was ist das ?--*

Ego : *Entwicklung. - ENT wickeln.-*

Spiegel : *Du gehst zu weit ! --*
Sag so etwas doch nicht vor all den Leuten.
Sonst <u>*ent-wickeln*</u> *sie sich noch.*
(macht eine <u>*entsprechende*</u> *Geste)*
Ent-wickeln sich zu dem, was sie bei Geburt gewesen.--
SEELE .- Kosmisch.- Rein.-

Ego :	*Und wenn's so wäre ?*
Spiegel :	*Umbringen würde sie die Welt !! --* *Wie sie es schon oft genug getan !!*
Ego :	*Wer auf den Ausgang des* *Teufelskreises zeigt ? --*
Spiegel :	*Muss sterben.--* *Denn auch wenn ein jeder Mensch* *beständig händeringend danach* *sucht,* *den Teufelkreis hinter sich zu* *lassen.--* *Wer den Ausgang zeigt,* *der ist verloren.--* *Denn aus Angst davor,* *ihn zu durchschreiten* *will er doch lieber,* *auch wenn er noch so leidet,* *in des Teufels Kreise ... bleiben.--*
Ego :	*So ist das Ganze hier ein* *Possenspiel ?* *Ein Kreisverkehr.-* *Gleich einem Karussell ?* *Nur um mein Sinnen zu* *umgarnen ?* *Mich zu verwirren.-* *Deshalb dieses Spiel ?*

Spiegel :
                          Der Mensch.--
                          Er will hinaus.-
                          Und will doch wieder nicht.--

Ego (wie leicht abwesend) :
                          Der Mensch, er wird geboren, ...

Spiegel :
                          ... geboren ...

Ego :
                          ... in diese durch Moral, Anstand
                          und beschränkenden Normen
                          existierende Menschheit hinein.--

Spiegel :
                          So kann der Mensch nicht
                          anders ...

Ego :
                          ... als abgestumpft nach ihrem
                          Willen zu existieren.--
                          Nicht mehr fähig zu erkennen,
                          wer er wahrhaft war und ist ! --

(Er geht auf die Gruppe zu.)

                          Da habt ihr eine schöne Welt
                          erschaffen.-
                          Aus der der Mensch heraus will
                          und es dennoch niemals wagt ...
                          heraus zu wollen ...
                          So betrügt er auf ewig seine eigne
                          Art.-
                          Und dennoch begreif' ich jetzt.--
                          Nicht ihr habt in Wahrheit
                          den Einheits-Mensch hier

geschaffen.---
Er schuf aus Bequemlichkeit ...
sich selbst.-
Ihr ward nur das Mittel,
nie der Zweck
ihn in seine eignen Schranken
stets zu weisen.-
Er schuf euch alle.
(Allgemeine Verwunderung.)
Um stets eine Ausrede zu haben.-
Um nicht zu werden, was er sollte.
Um nicht zu bleiben, was er ist.-
Ihr habt ganz recht.--
Er wird nie die Krone tragen,
die er laut Schöpfung tragen sollte.--
Er hat einen and' ren Pfad
beschritten,
der ihm bequemer schien.-
So klagt ihn an, den Menschen,
doch bedenket gut,
das er auf diesem Wege euch alle
schuf.--
Damit er sich stets auf euch berufen
kann,
weshalb dies und jenes nicht ginge
an.--
Er hat sich die ganze Zeit selbst
belogen.--
Drum auf denn, klagt ihn an ...
Denn ihr alle habt mit vollem
Recht
die Dinge vorgetragen.--

Wahrheit : *Aber wenn er uns geschaffen hat,*
Um sich selber zu begreifen,
dann ist er doch ein Schöpfer.
Denn er schuf uns alle.--
Auch wenn er's tat aus Eigennutz,
so wollen wir' s ihm danken
nehmen die Klage schnell zurück.--
Auf das wir weiterhin in aller Stille
gütig lenken
des Menschen Leben und
Geschick.--

Die Geschworenen verneigen sich vor dem Gewissen und entschwinden in alle Richtungen.

Ego : *Und nichts,*
garnichts wird sich wenden.--
Kreis des Teufels.--
Du wirst niemals enden.--

Gewissen : *Eure Ankläger sind fort.--*
Keine Anklage.- Kein Urteil.--
Und so überlasse ich euch ...
eurem eigenen Gewissen.
(geht lachend ab)

Das Licht erlischt.

Nach etwa einer halben Minute Stille beginnt

Musikalisches Zwischenspiel :

Mussorsky / Ravel :
Bilder einer Ausstellung ,
Der Ochsenkarren

Während ich so plötzlich und vollkommen unerwartet im Dunkel sitze, muß ich tief durchatmen. Mancher Text in dieser Szene ließ meinen Atem stocken. Des öfteren hielt ich ihn an. So viele verschiedene Gedanken wurden angesprochen. Aber wenn ich alles richtig verstanden habe, so hat der Mensch sich über die Zeit hinweg das System, in dem er sich gefangen wähnt, selbst geschaffen. Und wenn ich mir die Historie so betrachte stimmt das leidiger Weise auch. Während sich die Menschheit zivilisierte schuf sie sich bestimmte ungeschriebene Gesetze und Regeln, die ein friedliches Zusammenleben garantieren sollten. Ja, und so legte er sich selbst über die Zeit hinweg Fesseln an. Das Spiel entwickelt sich allmählich zu einem Stück Selbsterkenntnis.--
Dumpfe Musik erfüllt den Raum. Ein langsamer, fast schwerfälliger Marschrhythmus entwickelt sich. Schwillt wie bei einem Crescendo an und fällt nach einem fortissimo wieder in die leisen Töne zurück. Das Ganze macht den Eindruck, als würde sich etwas Schwerfälliges, Behäbiges nähern und dann wieder entschwinden. Nach etwa zwei Minuten ist der Spuk vorüber. Ich merke, daß der Raum minimal erhellt wird. Gerade so, daß ich unten auf dem Podest zwei Gestalten umrissartig erkennen kann.

Kurz vor Verklingen der Musik erhellt sich die Szene minimal. Auf dem Podest steht nur noch der Hochsitz. Ego steht, sich anlehnend, an der Lehne des Hochsitzes. Spiegel steht ihm, am Rande des Podestes schräg gegenüber. Er hält den Spiegel, mit gekreuzten Armen direkt vor seinen Oberkörper.

Ego : *Das also soll die Wahrheit sein ?--*

Spiegel : *Du klingst so, als wärest du enttäuscht ?--*

Ego : *Von dieser Wahrheit wollt ich nichts wissen.*
Sie zeigt nur etwas über die Umwelt,
die der Mensch sich schuf.--
Zeigte nur die Bedingungen auf,
unter denen er leben muß und will.

Spiegel : *Das war's doch, was du wissen wolltest.-*
Oder irr' ich mich ?-

Ego : *Über mich - mich selbst -*
wollt ich mehr erfahren.--
Erfahren, was ich bin
und was ich werde.-

Spiegel : *Du hast es doch eben selbst gesagt.*
Ein Ego bist du.
Und musst ein Mensch nun werden.
Dann bist du ganz

und kannst noch gänzer werden.--
(er grinst vielsagend)

Ego (auffahrend) :   *Was ?! -*
Ein Mensch soll ich werden ?--

Spiegel :   *Das ist dein Schicksal.--*
Nenn' es Karma.-

Ego :   *Schicksal.--*
Das Geschenk des Himmels.-

Spiegel :   *Das System der Erziehung nimmt*
dich auf.

Ego :   *Das System der Erziehung ?!--*
Des Teufels Kreis !? --

Spiegel :   *Du wurdest in den Himmenl frei*
geboren,
Jetzt, auf Erden,
geht diese Freiheit schnell
verloren.--
Doch hör ',
es gibt einen Weg, der dich befreit,
der dir einen Weg weist,
durch das Jammertal der Erde. --
Re Ligio.--
Die Rückbesinnung auf deine
Wurzeln.
Bewahre dir dein Wissen
um deine Seele.
Jenem kosmisch-göttlichen Kern,

der dich mit dir selbst verbindet.
Ich hoffe ganz von Herzen,
daß du ihn wiederfindest.--

Ego :   Gehst du jetzt fort ?

Spiegel :   Oh nein, mein Freund.--
                         Wie all' die anderen,
                         die eben hier gewesen,
                         werde ich immer um dir sein ...
                         Unsichtbar ! -
                         Ich bin der Spiegel.- Reflexion.-
                         Ich helfe dir die Dinge zu
                         reflektieren.
                         Zu erkennen,
                         was dein ist und was nicht.--
                         So leb nun wohl.--
                         Ich muss jetzt aus dem Sichtbaren
                         entweichen.

Spiegel (zum Publikum) :
                         Alle Gestalten,
                         die ihr eben habt gesehen,
                         sind natürlich in Wahrheit
                         unsichtbar,
                         Aber ihr könnt ihre Anwesenheit
                         stets fühlen, - spüren.-
                         Und ob ihr uns nun seht,
                         oder auch nicht,
                         wir sind überall ... und nirgends.
                         (lacht, bei entsprechender Geste)
                         Umgeben euch an jedem Ort ...
                         Sind nur unsichtbar ...

und deshalb ... für euch ... fort.--

Spiegel hüllt sich jetzt vollkommen in sein silbrigen
Umhang ein und hockt sich, halb zusammengerollt an den
Rand des Podestes.

Ego :   *Der hat gut lachen.--*
                             Mich lässt er hier einfach mit
                             den schrecklichen Menschen
                             zurück.--
                             Nun gut,
                             harren wir der Dinge,
                             die da kommen werden.
                             (er setzt sich abwartend in den
                             Hochsitz)

Na, das ging ja nun.- Aber irgendwie ist da etwas dran.
Vielleicht sollte ich die Dinge doch öfter reflektieren, als
ich es bisher immer getan habe. Möglicherweise bin ich
tatsächlich etwas oberflächlich geworden und sollte den
Geschehnissen um mir herum mehr auf den Grund gehen.
Mich mehr über Hintergründe informieren. Mir eine
eigene Meinung bilden. Farbe bekennen. Ich hätte nicht
gedacht, daß dieser Abend ein Lehrstück für mich wird.--
In der Zwischenzeit haben vereinzelt Menschen die
Spielstätte betreten.
Sie sehen sich verwundert um. Alle tragen Masken vor
dem Gesicht. Diese sind mit einem Gummiband um den
Ohren befestigt. Es handelt sich um zwei junge Frauen
und eine ältere. Zwei junge Männer und ein älterer. Der
Ältere scheint den anderen voran zu gehen.

Ego (sich erhebend) : Da seid ihr ja endlich.-

Älterer Mann :   *Wieso ? - Hast du uns erwartet ?-*

Ego :   *Das nicht gerade.--*
Aber, - doch ich glaube schon.-

Älterer Mann (sieht ihn fragend an) :
Was nun ?--

Ego :   *Woher kommt ihr ?*

Älterer Mann :   *Wer will das wissen ?*

Ego :   *Verzeiht.- Ego heiß ich.*
Ego bin ich.-

Ältere Mann (nach hinten deutend) :
Von dort her kommen wir.--

Ego (wie zu sich selbst) :
Eigentlich habe ich etwas anderes
gemeint.

Ältere Mann :   *Was denn ?*

Ego :   *Wie kamt ihr hierher.--*
(deutet auf die Umgebung)

Ältere Mann :   *Ich denke, so wie du.-*
Durch Geburt, wie ein jeder
Mensch.-

Ego :	Gewiss.- Und wo geht ihr von hier aus hin ?
Ältere Mann :	Aus Staub sind wir gemacht. Zu Staub werden wir wieder ... danach .-
Ego :	Zu Staub ?- Meint ihr, ihr seid aus Staub gemacht ?
Ältere Mann (sieht ihn prüfend an) :	Ihr scheint noch nicht lange hier zu sein.--
Ego :	Das stimmt so ungefähr.- Man könnte sagen, daß ich erst gerade eben angekommen bin.-
Ältere Mann :	Aber wo ist dann euer Gepäck ? -
Ego :	Hat jeder Gepäck, der hierher kommt ?
Ältere Mann :	Nein, nicht jeder hat Gepäck dabei. Nicht jeder hat ein Päckchen zu tragen.- (er sieht Ego wiederholt prüfend an) Und wie seid ihr hierher gekommen ?

Ego :   Ich denke, ein unglücklicher Zufall
                              hat mich hierher getrieben.
                              (er nähert sich einer jungen Frau
                              und streicht ihr über das Gesicht.
                              Sie macht eine
                              leicht abwehrende Bewegung.)

Ältere Mann :   Geburt.- Unglücklicher Zufall.--
                              Das ist ja fast das Gleiche. (lacht)

Ego   (zieht seine Hand zurück, wendet
                              sich etwas ab,
                              wie zu sich sprechend) :
                              Ihre Haut fühlt sich so künstlich
                              an.
                              (blickt verwundert zu der jungen
                              Frau hinüber.)
                              So, als hätte sie eine Maske über
                              dem Gesicht.
                              (wendet sich wieder ab.)

Ältere Mann (verwundert über Egos Reaktion) :
                              Was ist ? -
                              Gefällt dir meine Tochter nicht ?

Ego (energisch, aber leicht abwesend wirkend) :
                              Nein ! - Ich will nicht ! -

Ältere Mann (verwundert) :
                              Was willst du nicht ?

Ego (als ob er aus seinen Gedanken gerissen wird) :
                              Wie bitte ? - Was hast du gefragt ?

Allgemeine Verwunderung.

Welche Bezeichnung tragt ihr überhaupt ?

Ältere Mann :   *Du meinst unsere Namen ?! -*

Ego :   *Genau, die meine ich ...*
eure Namen.-

Ältere Mann   *(deutet auf die jungen Männer)*
Das sind meine Söhne Hans und
Peter.-
(deutet auf die jungen Frauen)
Und das meine Töchter
Christa und Veronika.-
(deutet auf die ältere Frau)
Meine Frau Elisabeth
Und ich heisse Richard.--
Und wie heisst du ?

Ego (sich wegdrehend) :
Ratet mal .-

Richard :   *Otto? - Karl ? - Sebastian ?*

Ego (lacht und schüttelt mit dem Kopf)

Hans :   *Friedrich ? - Heinrich ?*

Ego (lacht wieder und schüttelt den Kopf energisch)

Peter (lachend) :	*Doch nicht etwa*
	Rumpelstilzchen ??
Ego :	*Rumpelstilzchen.-- Wie ulkig.-*
	Beileibe, nein, so heiß' ich nicht.-
	Und glaubt mir' s,
	der Teufel selbst würd' s nicht
	erraten !-
	Ich bin ein Ego,
	wie ihr einst eins gewesen.
	Ihr aber decktet eures
	Wesens wahren Kern mit einem
	Namen zu.
	Habt ihn darin eingewickelt ...
	(macht eine entsprechende
	einhüllende Geste.)
	Man könnte sagen,
	ihr habt euer Selbst hinter eurem
	Namen versteckt.--
Peter (energisch) :	*Wir haben keinen Grund etwas zu*
	verstecken ! --
Hans (empört) :	*Wir sind grundehrliche Leute ! -*
Richard (beipflichtend) :	
	Immer zu haben für ein offenes
	Wort ! -
Christa :	*Frechheit ! - Alsob wir einen*
	Grund hätten uns verstecken zu
	müssen.--

Elisabeth :	*Wir machen anderen und uns nichts vor.*
	Wir sind sehr wahrheitsliebend und scheuen uns nicht schwierige Probleme anzugehen.--
Veronika :	*Genau.- Wir haben keinen Grund zu lügen.*

Alle sind sehr empört. Während sie gesprochen haben, haben sie sich so aufgestellt, daß sie im Halbkreis Ego gegenüber stehen.

Ego (über die Aufregung sehr verwundert) :
  Was habt ihr denn alle ?--
  Weshalb seid ihr denn so aufgebracht ?--

Allgemeines Schweigen. Die anderen sehen sich gegenseitig fragend und abwartend an.

Hans (wendet sich zögernd an Ego) :
  Du hast einfach behauptet, das wir etwas vor dir verbergen.--

Ego (abwinkend) : *Da habt ihr mich vollkommen falsch verstanden.-- Ihr selbst verbergt euch selbst hinter eurem Namen.- Seitdem ihr einen Namen habt identifiziert ihr euch mit eurem Namen.--*

Hans (etwas näher kommend) :
Kannst du mir das näher erklären ?

Ego :
Aber sicher doch.-
Ich bin Hans, so stellst du dich vor.--

Hans :
Gewiss.-- Wie sonst ? --

Ego :
Aber bist du dein Name ?

Hans :
Natürlich nicht.--
Ich bin ein Mensch mit Seele, Geist
und Körper.--

Ego :
Genau.- Das meine ich.-
Dein Name ist nur so etwas,
wie ein Etikett.-

Hans :
Und du meinst, daß man sich
hinter diesem Etikett versteckt ?-

Ego :
So könnte man es auch ausdrücken.-
Und wie ist das ?
Versteckt ihr euch wirklich
dahinter ?

Hans (mit dem Fuß leicht aufstampfend) :
Jetzt fängst du schon wieder damit
an ! -

Ego :
Redet man über solche Dinge
nicht ?-

Hans :	Nein.- Über solche Dinge macht sich niemand Gedanken.-
Ego :	Weshalb denn nicht ?
Hans (mit den Schultern zuckend) :	Darum nicht .--
Ego :	Aber dann redet ihr ja doch nicht offen und ehrlich über ALLES.-
Hans (nachdenklich) :	Also gut.- Über fast alles.-- Okay ??
Ego :	Okay ! - Aber dann war eure eben gezeigte Empörung eigentlich nicht echt, sondern Selbstbetrug.-
Hans (nachdenklich) :	Deine Worte machen mir Angst.-
Ego :	Weshalb mache ich dir Angst ?
Hans :	Weil du Wahrheiten von dir gibst, die das bisher festgefügte Gedankengebäude zum Einsturz bringen könnte.-
Ego :	Dein Name ist Hans.- Nicht wahr ?-
Hans :	Ja, wieso?

Ego :	*Und in deinen Papieren ?*
	Personalausweis,
	Krankenkassenkarte ?
	Da bist du überall letztlich nur
	eine Nummer.- Eine Zahl.-
Hans (sieht in seinen Papieren nach) :	
	Ja.- Du hast recht.-
	(wendet sich an Richard)
	Wie entsetzlich.- Für den Staat
	bin ich anscheinend nur eine
	Zahl.--
Richard :	*Ach was.- Das hat nur*
	verwaltungstechnische Gründe.-
Elisabeth (lachend) :	*Stellt euch vor, ich wäre nicht*
	Elisabeth,
	sondern zum Beispiel 1.857.349
Peter (Verbeugung andeutend, ironisch) :	
	Gestatten, 1.998.985 (lacht)
Veronika :	*Dann müsste ich ja die danach*
	sein.-
	Schliesslich wurde ich nach dir
	geboren.-
Christa :	*Ihr lacht darüber ?-*
	Ich kann nichts Komisches daran
	finden.-
Hans :	*Das finde ich auch.-*

Christa :	*Es hat eher etwas Unrealistisches* *an sich, -* *Etwas Unmenschliches nur als eine* *Zahl gesehen zu werden.--*
Hans :	*Ich zumindest will nicht nur als* *Datenfutter für den Staat gesehen* *werden.-* *Ich will als das gesehen werden,* *was ich bin.- Ein Mensch.-*
Ego :	*Aber unter dieser einen Zahl* *kann der Staat alles speichern,* *was er über dich weiss.--*
Hans :	*Aber dann wäre doch die so hoch* *gepriesene Freiheit dahin !? -*
Richard :	*Soweit sollten wir nicht gehen ! -*
Hans :	*Aber die da oben könnten so* *alles über uns erfahren,* *was sie wollen.--*
Richard :	*Das werden sie bestimmt nicht* *tun.-* *Uns schützt schliesslich das* *Gesetz.-*
Ego :	*Und, darf ich mal fragen :* *Wer schuf dieses Gesetz ?--*

Hans :	*Die, die an der Spitze unseres Staates stehen.-*
Ego :	*Versteh' ich recht ? - Diejenigen, die alles über euch erfahren können, wenn sie es wollen, schufen auch das Gesetz, daß euch davor bewahrt.--*
Peter (hinzu tretend) :	*Das ist doch paradox.-*
Ego :	*Ach nein, wie kommst du denn darauf ?-*
Richard :	*Nun reisst euch mal ein bisschen zusammen, was sollen denn die Leute von euch denken. (deutet auf das Publikum)*
Christa :	*Ein schrecklicher Gedanke.- Wenn sie alles über mich wüssten.- Und über uns.- Und ... (deutet auf das Publikum) Und über euch.- Über uns alle.-*
Elisabeth :	*Für unsere Staatsvertreter wären wir keine Menschen mehr.- Nur Zahlen. - Systematisiert.- Vereinfacht.- Zurechtgestutzt.-*

Ego :   *Aber wer ist's der euch*
                           zurechtstutzt ?-

Elisabeth :   *Die da oben.-*

Ego :   *Nicht ihr selbst ?*

Peter :   *Was soll diese Frage ?-*

Ego :   *Ist die Frage nicht berechtigt ?*

Alle sehen sich fragend und verunsichert an.

Peter (geht einen Schritt auf Ego zu) :
                           Warum stellst du so eine Frage ?

Ego :   *Ist es nicht erlaubt, sie euch zu*
                           stellen ? -

Peter macht mehrere Schritte rückwärts und wendet sich
dabei den anderen zu. Peinliches Schweigen.

Hans (zögernd auf Ego zugehend) :
                           Ja ...
                           (bleibt stehen,
                           als denke er über etwas nach)
                           ... in gewisser Weise schon .
                           (er ist sehr nachdenklich)

Alle verfolgen Hans mit ihren Blicken. Ego steht den
anderen gegenüber, sodaß Hans genau zwischen den
beiden ' Gruppen ' steht.

Peter (empört) :   *Weisst du, was du da sagst ?*

Hans :   *Ja ... wahrscheinlich die Wahrheit.--*

In diesem Augenblick fängt Spiegel, der die ganze Zeit über verhüllt am Rande des Podestes saß, sich aus dem Umhang herauszuwinden.

Richard (wie zu sich selbst, aber dennoch für alle hörbar) :
     ... unseren Tod.-

Hans (Richard entgegen tretend) :
     Nein, nicht unser Tod.-
     Unsere Befreiung.-

Elisabeth :   *Aber wir sind doch frei.-*

Veronika :   *Wir können machen, was wir wollen.-*

Ego :   *Wirklich ?*

Peter :   *Wir können frei unseren Beruf wählen .-*

Ego :   *Hast du wirklich den Beruf erwählt, den du wolltest ?*

Peter :   *Nun ja.- Nicht so direkt.-*
     Aber man muss ja davon leben können.-

Ego :　　　　　　　　　*Hörtest du nie den gutgemeinten*
　　　　　　　　　　　　elterlichen Rat :
　　　　　　　　　　　　Lerne erst einmal etwas
　　　　　　　　　　　　Vernünftiges ?

Peter (ziert sich) :　　*So direkt haben sie es nie gesagt.-*

Richard (ermahnend) :Peter ! -

Ego :　　　　　　　　　*Und hat nicht auch die*
　　　　　　　　　　　　gesellschaftliche Norm
　　　　　　　　　　　　einen gewissen Einfluß
　　　　　　　　　　　　auf deine Berufswahl gehabt ?-
　　　　　　　　　　　　Welcher Beruf ist gut angesehen
　　　　　　　　　　　　und welcher nicht.-

Veronika :　　　　　　　*Man kann aber auch studieren,*
　　　　　　　　　　　　wenn man will.--

Spiegel (in seiner bisherigen Position verharrend) :
　　　　　　　　　　　　Aber nur, wenn du gut gebildet
　　　　　　　　　　　　wurdest und reiche Eltern hast.--

Ego (wendet sich überrascht an Spiegel) :
　　　　　　　　　　　　Ich dachte, du bist fort.--

Spiegel :　　　　　　　*Vergiss mich.-*
　　　　　　　　　　　　In Wirklichkeit bin ich auch
　　　　　　　　　　　　garnicht hier.-

Ego :　　　　　　　　　*Aber ich sehe dich doch.-*

Elisabeth :	*Wir können kaufen, was uns gefällt.-*
Spiegel :	*Du schon, aber die anderen nicht.-*
Peter :	*Essen, was uns schmeckt .-*
Hans :	*Das stimmt alles, aber ...*
Spiegel (erhebt sich) :	*Die anderen erspüren mich nur durch den Effekt, den ich auslöse.--*
Elisabeth :	*Was, aber ?-*
Ego :	*Effekt ? - Welchen ? -*
Spiegel (stößt ihn neckisch an) :	*Na, du weisst doch : Die Reflexion.-*
Hans :	*Ihr sprecht von Freiheiten und sprecht doch nur von all den Dingen, die unsere Bedürfnisse befriedigen.--*
Peter :	*Unsere Bedürfnisse befriedigen, das ist doch das Wichtigste von allem ! -*

Hans :	*Bedürfnisse befriedigen.-*
	Verlangt ihr nicht mehr von eurem
	Leben.-
Richard :	*In welchen wirren Gedankenwust*
	verirrst du dich, mein Sohn ?! -
	Kehr' um.- Dieses Infragestellen
	ist gefährlich.--
Hans :	*Hat dieser dort also doch recht ?*
	(deutet auf Ego)
Richard (herrisch) :	*Sohn ! - Besinne dich auf die Werte,*
	die ich dich gelehrt habe.-
Hans :	*Begnügt ihr euch tatsächlich damit*
	eure Bedürfnisse befriedigt
	zu sehen ?

Allgemeines Gemurmel. Die anderen sehen sich
gegenseitig fragend an und jdeer antwortet dann
(nacheinander) mit einem ' Ja ' .--

Hans	*(jeden nacheinander anblickend,*
	wenn diese(r) das Ja gesagt hat) :
	Und was ist mit der tatsächlichen
	Freiheit, nach der wir uns in
	Wahrheit sehnen ?--
Richard :	*Hans ! - Nicht weiter ! -*
	Besinne dich.-

Spiegel :	*Ich glaub',*
	daß Spiel wird noch richtg
	interessant.-
	(er stellt sich jetzt so auf das
	Podest, daß er genau zwischen
	Hans und seiner Familie steht.)
Hans :	*Immer arbeiten.- Tag für Tag.-*
	Wollt ihr das tatsächlich ?--
Richard :	*Das müssen wir ja wohl.-*
	Wovon sollten wir sonst leben ?-
Elisabeth :	*Und euer Vater tut das alles nur,*
	damit ihr es eines Tages besser
	habt . -
Hans :	*Wie sollten wir es besser haben,*
	wenn die Welt so bleibt,
	wie sie ist ?--
Richard :	*Sei vorsichtig . (sich umsehend)*
	Das sind revolutionäre Gedanken,
	die du da äusserst.-
	Wenn dich jetzt jemand gehört
	hat ?-
Hans :	*Sei' s drum .--*
Richard :	*Denk' an deine Familie.-*

Hans :   *Immer die gleiche Leier.-*
Wir sollen es einmal besser
haben, als ihr.-

Richard :   *Ja, natürlich.-*
Das ist unser aufrichtiger
Wunsch.-

Elisabeth :   *Ja.- Das ist er.-*

Hans :   *Wenn man sich das so anhört,*
dann könnte man durchaus
denken,
daß es euch jetzt nicht gutgeht.-
Das ihr mit dem, was ihr erreicht
habt nicht so ganz zufrieden seid .

Richard :   *Doch, - Natürlich sind wir*
zufrieden mit der Situation,
in der wir leben.-

Spiegel (zu Ego, grinsend) :
       Hast du sie schon auf ihre Masken
angesprochen ?

Ego (Spiegel abwehrend) :
       Nicht jetzt.-
(auf Richard zutretend)
Weshalb sollten sich deine Kinder
also nicht mit dem Gleichen
zufrieden sein ?

Spiegel (stellt sich auf den Hochsitz) :
                        Sprech' sie endlich auf ihre Masken
                        an !!-

Ego (winkt Spiegel ab, zu Richard) :
                        So zufrieden, wie du es bist ?! -

Hans :   *Er hat recht .-*

Richard :   *Aber der Lebensstandard wird doch*
                        von Jahr zu Jahr höher .-

Elisabeth :   *Und die Lebenserhaltungskosten*
                        steigen ebenfalls von Jahr zu Jahr .-

Ego :   *Aber warum ?-*

Richard :   *Weil die Bedürfnisse,*
                        die der Mensch nun einmal hat,
                        befriedigt werden müssen.-

Hans :   *Und die werden auch von Jahr zu*
                        Jahr grösser.-

Ego :   *Und wodurch werden sie gesteigert ?*

Spiegel (mit dem Fuß leicht aufstamnpfend) :
                        Die Masken !-
                        Sprech' sie endlich auf die Masken
                        an.-

Ego wehrt Spiegel heftig ab.

Richard (mürrisch) :
Durch die Werbung .-

Ego :
Und was erhöht sich durch die
Werbung ?

Richard :
Der Konsum .-

Hans :
Und wozu führt letztendlich
der Konsum ?

Richard wankt leicht, als wäre ihm schwindelig. Spiegel
springt mit einem Satz vom Hochsitz und stellt sich
seitlich hinter die Lehne. Richard stützt sich zuerst auf der
Seitenlehen ab, bevor er sich hineinfallen lässt. Er wirkt
jetzt plötzlich sehr erschöpft.

Richard :
Er wird ... zum Terror .-

Elisabeth (sich besorgt um Richard kümmernd) :
Seht ihr nicht,
wie sehr ihr ihn mit euren Fragen
quält ?

Veronika, Christa und Peter treten ebenfalls nah an den
Hochsitz heran.

Ego :
Eine Frage noch ! -
Du wirst also terrorisiert von all
diesen Dingen .-
Weshalb lässt du das zu ?

Peter (erbost) :
Hat das nicht Zeit bis später ?-

Veronika (besorgt) :   Muss das jetzt unbedingt sein ?

Ego (sinnierend) :   Später ist bekanntlich ... meist ...
zu spät .-

Richard (erbost, sich erhebend) :
Ja.- Du hast recht ! -
Ich werde terrorisiert.-
Und lasse mich terrorisieren.-
Und zwar im Moment .. von dir !! -
Terror.- Mit Fragen, von denen du
weisst,
daß sie mir unangenehm sind
und mich quälen .-

Ego :   Aber warum sind sie dir
unangenehm ?-
Ich dachte, ihr seid immer offen
und ehrlich zueinander .-
Seid immer zu haben für ein
offenes Wort .-
Seid von Grund auf ehrliche
Menschen .-
Habt keinen Grund euch vor
irgend jemanden zu verstecken.-
Nicht wahr ?! -

Hans (vor Ego tretend) :
Sagten wir' s so ?? -

Ego (energisch nickend) :
Ja ! -

Spiegel (zupft Ego am Ärmel) :
Jetzt ist der richtige Augenblick .-
Frag' sienach der Bedeutung der
Masken !

Ego (unwirsch gegen Spiegel) :
Ja, gleich doch .-
Du bekommst noch früh genug
deinen Willen.-
*(er stösst Spiegel so heftig von
sich, daß dieser auf der anderen
Seite des Podestes lang hinschlägt.
Dabei entfällt ihm der Spiegel.
Für einen Moment bleibt er so
regungslos liegen)*
Jeder bekommt hier,
was er verdient !! -

Spiegel (sich aufsetzend, hämisch lachend) :
Auf das es dir gut bekomme .-

Hans :
Dann war es wohl ein grosser
Selbstbetrug,
als wir uns so wohlmeinend
gepriesen haben ? -

Richard (auffahrend) :
Was sagst du da ?-
Selbstbetrug ?- Wir ?- Niemals !!! -
*(geht auf die rechte
Zuschauertribüne zu)*
Nicht wahr ? - So sind wir doch alle
garnicht ?! - Nicht wahr ?-

Oh Gott.- Nein.- Nicht.- Was ist denn jetzt los ?- Werden wir jetzt in die Handlung mit einbezogen ?- Bisher habe ich es mir ja gefallen lassen, daß das Spiel dort unten ein Spiegel unserer Gesellschaft sein soll,- aber das geht nun zu weit ! - Jetzt werden wir, die wir bisher nur Zuschauer waren, selbst Spieler in dem Spiel.- Wo ist da noch die Grenze zu sehen zwischen Spiel und Wirklichkeit ?

Elisabeth :   Was soll das Ganze ? -
                     Das brauchen wir uns nicht bieten
                     zu lassen.
                     (spricht mit dem letzten Satz die
                     linke Zuschauertribüne direkt an)
                     Wir sind doch alles anständige
                     Leute.-
                     (zeigt auf Ego)
                     Der weiß doch garnicht, was das ist!

Schweigen.

Spiegel (der, auf der Seite liegend, das Letztere verfolgt hat) :
                     Auf das die Frage ihm gut
                     bekomme .-
                     (lacht mit einem schäbigen Kichern
                     in sich hinein)

Hans (sich am Podestrand niedersetzend) :
                     Jetzt weiß ich garnichts mehr .-

Ego (steht von den anderen abgewandt) :
                     Wenn ihr tatsächlich
                     so offen und ehrlich ...

Spiegel (spricht in den Text hinein, als würde er diesen
ergänzen) :
          ... selbstherrlich ...

Ego :   ... seid.- Die Lüge meuchelt .-

Spiegel (dito) :   ... und Wahrheit heuchelnd ...

Ego (verärgert zu Spiegel) :
          Kannst du nicht mal für einen kurzen
          Augenblick still sein ?-

Spiegel (vielsagend lächelnd) :
          Vielleicht .-

Ego (zu den anderen, zuwendend) :
          Immer für ein offenes Wort zu haben
          seid ...

Spiegel (dito) :   ... und dennoch schon längst das
          offene Wort begraben habt ...

Ego (unwirsch zu Spiegel) :
          Hälst du jetzt endlich mal deinen
          Mund ?

Spiegel (stellt sich genau zwischen Ego und den
anderen) :   Stört dich das ?

Ego (aufgebracht) :Wen stört dein blödes
          Dazwischengequatsche nicht ? -

Spiegel *(laut auflachend)* :
                    Mich !! -

Ego *(erregt nach Luft schnappend)* :
                    Darf ich endlich zum Ende kommen ?

Spiegel :   Aber natürlich ! -
                    (bevor Ego sprechen kann)
                    Und deshalb geben sie vor ...

Ego *(äfft Spiegel nach)* :
                    Blablablablaaaaa ! -

Peter *(wütend vor Ego tretend)* :
                    Machst du dich über uns lustig ?! -

Ego :   Nein, das mache ich mich gewiss nicht !
                    (deutet auf Peter's Gesicht)
                    Dann sagt mir offen und ehrlich ...
                    weshalb habt ihr Masken
                    vor euren Gesichtern ?-

   Allgemeine Bestürzung und Empörung.-
Die Familienmitglieder versammeln sich um Richard.-
Auf der anderen Seite steht Ego vollkommen isoliert von
allen. Spiegel kauert neben Ego.- Für einen Moment ist
keinerlei Bewegung in der Szene. - Dann ...

Richard :   Was sagst du da ?

Elisabeth :   Ist' s nicht genug ?

Peter :   Was soll das dauernde Hinterfragen ?

Christa :	*Seitdem wir dich trafen,*
	scheint irgend etwas nicht mehr zu
	stimmen.
Veronika :	*Richtig.- Nichts ist mehr in Ordnung.-*
	Alles scheint plötzlich falsch zu sein .-
Ego :	*War es bisher in Ordnung ?*
Veronika :	*Ja.-*
Hans (nachdenklich) :	
	Auf jeden Fall schien es für uns
	in Ordnung zu sein.-
Ego :	*Es schien dir so ?! -*
	Das heisst, das du dir nicht mehr
	ganz sicher bist .-
Hans :	*Nein.- Seitdem du da bist*
	scheint nichts mehr sicher zu sein .-
Ego :	*Habe ich dich etwa verunsichert ?*
Hans :	*Ja ! -*
Peter :	*Und nicht nur ihn, sondern uns alle*
	hast du mehr oder weniger
	verunsichert .-
Richard :	*Und wenn wir verunsichert sind,*
	dann bekommen wir Angst .-
	Und wenn wir Angst bekommen,

dann werden wir angriffslustig
und agressiv .-

Die anderen, außer Hans, kreisen Ego allmählich ein.

Hans (ist an die rechte Zuschauertribüne
herangetreten) :
Haben wir tatsächlich Masken auf ?
(er sieht bei der Frage mehrere
Zuschauer direkt an)
Ihr könnt es mir ruhig sagen .-
Keine Angst .- Traut euch ruhig.-

Ego (bemerkt das Einkreisen) :
Was habt ihr denn alle ? -
War diese Frage wirklich so
schlimm ? -

Richard (drohend) :   Wie hast du das mit den Masken
gemeint ?

Hans   (fordert die Zuschauer weiterhin auf ihm zu
antworten. Wenn eine Aussage von den
Zuschauern kommt, reagiert er darauf)

Peter (tritt an Hans heran) :
Nun, was sagen die Zuschauer ?

Hans (gibt wieder, was die Zuschauer gesagt haben)

Christa :   Das ist eine viel zu ungenaue
Umfrage .-
Du musst alle fragen ! -

Hans (die Tribüne hinauf schauend) :
Aber das dauert doch viel
zu lange .-

Veronika :   *Vielleicht geht es schneller,*
wenn wir ihm helfen .-

Peter :   *Eine gute Idee .-*

Christa, Veronika und Peter steigen die Tribüne hinauf.
Fragen die Zuschauer nach den Masken etc. ...

Richard (folgt den anderen zögerlich)
Und was wollen wir gleich mit dem
da machen ? (deutet auf Ego)

Peter (zu ihm blickend) :
Das weiß ich noch nicht .-

Elisabeth :   *Was soll ich solange machen ?*

Richard :   *Du passt auf, daß er nicht flüchtet.-*
Er bleibt hier, bis alles geklärt ist .

Als die fünf, die die rechte Tribüne betreten haben, etwa
auf der halben Höhe angekommen sind, wendet sich Ego
der linken Tribüne zu.

Jetzt ist es geschehen.- Jetzt sind wir endgültig Bestandteil
des Spiels.- Wie peinlich.- Wie soll ich auf die Spieler
reagieren ?- Ich blicke zu dem Darsteller des Ego hinunter.
Was hat er vor ?- Was wird noch alles geschehen ?
Irgendwie habe ich das Gefühl, als würde noch bis zum

Schluß des ganzen Spiels etwas Schreckliches geschehen.-
Und wir sind mittendrin.- In diesem Spiel.- Und in der
Realität ? Ja, da sind wir auch mittendrin im Spiel .- Es ist
tatsächlich so, daß wir alle spielen. Egal, ob in diesem
TheaterSpiel oder ...

Ego (blickt die linke Tribüne hinauf) :
> *Sagt selbst, haben sie nun Masken auf,*
> *oder nicht ? -*

Elisabeth (zu Ego) :
> *Was tust du da ?*

Ego :   *Das Gleiche, was die da drüben machen.-*
> *(deutet zu den anderen hinüber)*

Elisabeth   *(blickt zu den anderen hinüber,*
> *als erwarte sie eine Reaktion)*

Ego (steigt etwas die Tribüne hinauf) :
> *Sagt mir bitte, ob ich mich täusche*
> *oder nicht . - Haben sie Masken auf ?-*
> *Ja oder nein.-*
> *(im Weiteren reagiert er auch teilweise*
> *auf die Bemerkungen, die aus dem*
> *Publikum kommen)*

Ego geht langsam die Tribüne hinauf. Stellt Fragen.
Wartet die Antworten ab.

Ego (auf halber Höhe, plötzlich stutzend) :
> *Oh nein.- Ihr nicht auch ! -*
> *(sieht die Zuschauer entsetzt an)*

Aber das kann doch nicht sein !
(sein Atem stockt)
Ihr ja auch ! -
(sieht entsetzt zu den anderen hinüber)
Ihr habt ja auch ... Masken auf.-
(Mit fassungslosen Gesichtsausdruck
wendet er sich von den Zuschauern ab
und geht mit zögernden Schritten
wieder zum Podest hinunter)
(Unten angekommen blickt er sich um,
tritt an die rechte Tribüne heran.
Sieht vielen Zuschauern direkt in die
Gesichter.-)

Er sieht mich direkt an ! - Der Schauspieler, der den Ego darstellt.- Jetzt bin ich, - ja, direkt unmittelbar ich - Teil des Geschehens.- Dabei war ich doch zu Beginn einfach nur Zuschauer.- Zuschauender.- Und wollte es auch bleiben.- Jetzt aber fühle ich mich als Teil der Handlung.- Bin ich deshalb mitverantwortlich für alles, was jetzt noch geschehen wird ?- Ich fühle mich ein wenig um meinen Part als Zuschauer betrogen.- Und gleichzeitig taucht in meinem Inneren die Frage auf, ob ich nicht zu oft in meinem Leben tatsächlich nur Zuschauer bin.- Wie oft ich mich hinter der Position des Betrachtenden, Zuschauenden auch ein wenig verstecke ?- Jetzt stehe ich, wie alle anderen hier, mitten im Rampenlicht.- Und wie die meisten Zuschauer scheue ich nach Möglichkeit genau das ! - Verstohlen schiele ich Richtung Ausgang und habe dennoch das Gefühl,zumindest innerlich, Position beziehen zu MÜSSEN.- Egal, ob ich will, oder nicht ! -

Ego (fassungslos) :   Oh Gott,
                           Alle hier haben ja Masken auf.--
                           (es sieht so aus, als würde er
                           resignieren)

Peter (kommt die Tribüne hinab) :
                           Wie meinst du das mit den
                           Masken ?

Ego   (wendet sich Spiegel zu,
                           der sich leise kichernd abwendet)

Richard (ebenfalls herabkommend) :
                           Das will ich auch endlich
                           wissen ! -

Christa :   Ich genauso.-

Ego (leise zu Spiegel) :
                           Gib mir endlich irgend ein
                           Stichwort ! -

Spiegel (wendet sich Ego nur halb zu) :
                           Gesicht.- Ist Ausdruck der Person.-
                           Maske versteckt das.-
                           Denke daran, was das Wort Person
                           in ursprünglichen Sinne bedeutet.-
                           (wendet sich wieder ab)

*Veronika (ist ebenfalls in der Zwischenzeit auf das Podest
        zurückgekehrt) :*
                           Ja, spuck' es endlich aus.-
                           Was soll das Gerede über Masken ?

Ego :	Ja, ihr tragt Masken.- Verbergt eure wahre innere Natur vor den anderen ... und euch selbst.- Fürchtet ihr euch so sehr davor, sie zu erkennen ?-
Richard :	Warum sollten wir uns vor uns selbst fürchten ?- Das ist ja vollkommener Schwachsinn ! -
Ego :	Aber sprecht ihr selbst nicht auch davon, das ihr eine Persönlichkeit habt ?
Richard (vortretend) :	Ja, unsere Persönlichkeit macht uns zu dem, was wir sind .- Sie ist mit eine der wichtigsten Säulen unserer Selbst .-
Ego :	Und wisst ihr auch, was das Wort Person im Ursprung bedeutet ? -
Richard :	Ist das wichtig ?
Ego :	Ich denke schon.- Die Bedeutung zeigt euch ein wenig von euren inneren Welten.-

Hans (tritt an Ego heran) :
                Und was bedeutet das Wort ?

Ego (zu Spiegel) :   *Und was jetzt ?-*

Spiegel (etwas verdriesslich) :
                Person.- Personare.-
                frei übersetzt :
                ' Das, was aus dem Inneren
                hervortönt '.

Ego :   *Aus dem Inneren ... hervortönt ...*

Spiegel :   *Verstehst du jetzt ?*
                (gehässig)
                Na endlich !! -

Ego :   *Seht ihr ?-*
                Person ist etwas, was aus eurem
                Körper hervortönt. -
                Sozusagen eure innere Stimme .-

Peter :   *Innere Stimme ? -*
                Das ist doch lediglich unsere
                Intuition.-
                Aber kein eigenständiges Ding .-

Ego :   *Sicher doch ! --*
                (packt Peter am Arm)
                Dies hier ist nur Materie .-
                Eurer Körper ist reines Fleisch.-
                Ihr aber seid Personare .-
                Ich.- Ich selbst.- Seele.-

Ein kosmischer denkender Funke
geboren aus Sternenstaub
erkoren die Krone
der jetzigen Schöpfung zu sein.-

Peter :

Natürlich .- Selbstverständlich
sind wir mehr
als diese grobe Materie .-

Ego :

Und weshalb reduziert ihr dann
euer ganzes Sein so sehr auf eure
Körperlichkeit ? -
(auf alle Anwesenden deutend)
Seht ihr denn nicht, wie sehr
ihr euren Körper hegt und pflegt.-
Aber dabei die viel wichtigere
Pflege eures Selbst, - eurer Seele,
vollkommen vergesst
und so alle Potentiale,
die da in eurem Inneren
schlummern,
vollkommen verkümmern lasst ?

Richard :

Keine Angst.- Ich denke,
daß wir uns schon recht gut
entwickelt haben.-

Ego :

Täglich gehst du zur Arbeit.-
Musst Geld verdienen.-
Damit ihr Leben könnt .-

Richard :	*Natürlich .-*
	Das ist die Grundlage unserer
	Existenz .-
Ego :	*Grundlage eurer Existenz ist also*
	Geld zu verdienen und zu
	arbeiten ?-
Richard :	*Was denn sonst ?*
Ego :	*Ist das wirklich alles ?-*
	Ist da nicht noch mehr ? -

Hans (gedankenverloren) :
Leben .- Lieben .-

Ego :	*Sein eigenes Leben leben ?-*
Richard :	*Aber was hat das alles*
	mit Masken zu tun ?
Ego :	*Ganz einfach, du bist ein Mann .-*
Richard :	*Ja .- Was sonst ? -*
Ego :	*Ein Mann .- Ein Vater .-*
	Ein Vater, der arbeitet,
	damit seine Familie gut leben
	kann .-
Richard :	*Ja .- Genau .-*

Ego (vehement, ihm entgegentretend) :

Nein ! - Das bist du alles nicht ! -
Du spielst nur in dieser
Gesellschaft,
in die du hineingeboren wurdest,
die Rolle eines Vaters .-
(wendet sich an Peter)
Du heisst Peter, aber bist du dein
Name ?
(wendet sich Veronika zu)
Du bist eine Tochter .-
Doch ausserhalb der Familie,
was bist du, wenn du erwachsen
bist ?

Elisabeth :   *Immer noch meine Tochter ! -*

Ego :   *Ja .- Für dich bleibt sie immer*
Tochter .-
Solange du lebst .-
Aber was ist sie für sich selbst ? -
(wendet sich an Christa)
Und du ? - Was für einen Beruf hast
du ?

Christa :   *Ich bin ... angestellt in einer Bank .-*

Ego :   *Und wolltest du das werden ? -*

Christa (sieht zuerst zu Richard hinüber, dann zögernd) :
Eigentlich nicht .-
Ich wäre viel lieber Schauspielerin
geworden .

Ego (zu ihr tretend) :
　　　　　　　　　　Und warum wurdest du es dann
　　　　　　　　　　nicht ?

Christa (verlegen) : Weil meine Eltern etwas dagegen
　　　　　　　　　　hatten . -
　　　　　　　　　　Sie meinten, ich solle erstmal etwas
　　　　　　　　　　Vernünftiges lernen .-

Ego :
　　　　　　　　　　Aha .- Etwas Vernünftiges ! -

Richard :
　　　　　　　　　　In der heutigen Zeit ist es besser
　　　　　　　　　　einen vernünftigen und soliden
　　　　　　　　　　Beruf zu erlernen.-
　　　　　　　　　　So etwas wie schauspielern kann sie
　　　　　　　　　　ja auch als Hobby betreiben.-

Christa :
　　　　　　　　　　Ich wollte aber doch ...
　　　　　　　　　　(sie verschluckt die letzten Worte)

Richard :
　　　　　　　　　　Ich hatte auch träume .-
　　　　　　　　　　Oder glaubst du, daß ich gerne
　　　　　　　　　　Tag für Tag meinem Beruf
　　　　　　　　　　nachgehe ?

Ego :
　　　　　　　　　　Das hört sich ja ganz danach an,
　　　　　　　　　　als würdest du deinen Beruf nicht
　　　　　　　　　　mögen .-

Richard :
　　　　　　　　　　Auch ich hatte Träume .-
　　　　　　　　　　Aber mein Vater verbat sie mir ! -

Ego :	*Und nur deshalb musst du auch* *verbieten ?*
Richard :	*Nein ! -* *Aber man muß leben.-* *Essen und Trinken .-* *Ein Heim für die Famile schaffen .-*
Ego :	*Das nennst du Leben ?* *(zum Publikum gewandt)* *Das nennt ihr Leben ?* *Ist das alles, was ihr von diesem* *Leben erwartet ?* *Dann habt ihr auch kein anderes* *verdient !*
Richard :	*Wir alle tuen nur unsere Pflicht ! -*

Ich sehe mich um und viele Zuschauer nicken, vermutlich unwillkürlich, und stimmen damit unbewusst dieser Aussage zu . Aber ist das wirklich alles, was wir ;- was ich vom Leben erwarte ?

Ego (grosse Geste, er wendet sich allen Anwesenden zu) :

> *Nein ! - Nein, und nochmals nein ! -*
> *Ihr alle hier spielt eine Rolle,*
> *Und das sehr gut .-*
> *Auf das ja keiner aus der Rolle falle .-*
> *Ach, daß wäre ja auch so schrecklich !*
> *Einmal nur aus der Rolle ausbrechen .*
> *Das schickt sich nicht ! -*
> *Was haben Mami und Papi euch*

beigebracht ?
(mit erhobenen Zeigefinger)
' Das tut man aber nicht !! - '
Denn sonst würden ja die anderen
erkennen, was für ein Mensch
wirklich in dieser materiellen Hülle
steckt .-
(er zwickt sich in den Arm)
Keiner gibt sich so, wie er gerne
möchte .
Alle benehmen sich so,
wie es ihnen durch ihre Erziehung
beigebracht wurde .-
Niemand ist hier, der ist der er ist .-
Jeder spielt nur ... uns allen ...
und sich selbst ... etwas vor .--

Christa :   *Genauso, wie wir jetzt hier den*
                                       Zuschauern dieses Spiel vorführen .-

Peter :   *Aber ist es dann noch ein Spiel,*
                                        wenn die Zuschauer genauso spielen,
                                        wie wir es tun ?-
                                        Ihren Text und ihre Rolle gleichwohl
                                        gelernt, genauso gut, wie wir ? -

Elisabeth :   *Aber was haben wir davon,*
                                          wenn wir wissen,
                                        das wir uns alle gegenseitig
                                        etwas vormachen ?

Veronika :   *Ja, - Was haben wir davon ?*
                                          Schliesslich ändert dieses Wissen

nichts an den Bedingungen,
unter denen wir leben müssen .-

Ego (kopfschüttelnd) :
Weshalb ... MÜSSEN ?? -

Peter :   Keinen einzigen Menschen scheint
es ernsthaft zu stören .-

Ego laut werdend) :   Natürlich stört sich keiner daran !! -
Schliesslich seid ihr ja alle so !! -

Hans :   Aber wenn alle so sind,
dann kann man ja alles ruhig so
lassen, wie es ist ! -

Richard (deutet mit erhobenen Zeigefinger auf Ego) :
Gefährlich wird es erst,
wenn es welche gibt,
die etwas dagegen haben,
daß die Dinge so bleiben, wie sie
sind ! -

Peter (deutet ebenfalls auf Ego) :
Genau .- So jemand, wie ER !! -

Elisabeth :   Genau .- So ist es .-
Hätten wir ihn doch nie getroffen ! -
Erspart geblieben wären uns all die
verwirrenden Gedanken,
die er uns ins Gehirn gepflanzt .-
So, ohne Sorgen,
hätten wir einen gemütlichen Tag ...

Ego (einwerfend) :   ... im stumpfsinnigen, starr
                         gefahrenen Alltagstrott ...

Elisabeth (endend) : ... verbringen können .-

Die Beleuchtung nimmt jetzt insgesamt so ab, daß zum
Schluss nur noch das Podest beleuchtet wird. Die
Tribünen liegen im Dunkel. -

Ego (der das bemerkt, tritt an eine Tribüne heran) :
                         Sieh einmal einer an .-
                         Die Ersten verschwinden schon im
                         Dunkel.-

Elisabeth (fordernd) :Was sollen wir also machen,
                         damit er uns nicht mehr stört ? -
                         Nicht mehr Dinge hinterfragt
                         und dadurch total verunsichert ? -

Richard (drohend) : Er hinterfragt und stört unser aller
                        Kreise,
                        (mit kreisender Handbewegung in
                        das Publikum deutend)
                        und das nur, weil wir anders sind,
                        als er !-

Spiegel, der die ganze Zeit über die Szenerie durch Gesten
ausdruckvoll karikierend hat, tritt nah an Ego heran .

                         Wäre er uns ganz gleich,
                         würde ihn das Alles garnicht
                         stören.- Noch würde er irgend
                         etwas bemängeln .-

Peter (sieht Ego strafend an) :

> Ja.- Wir machen das aus ihm,
> was wir schon sind.-
> Wir machen aus ihm, das, was er
> hasst.-
> Wir machen ihn uns gleich ! -

Hans :

> Aber erkennt ihr denn nicht,
> was für eine Chance er uns
> bietet ?

Christa :

> Und wenn er uns nicht ganz gleich
> werden will ...

Veonika (den Gedanken aufgreifend) :

> ... dann werden wir ihn eben
> zwingen ! -

Richard :

> Du siehst, wir haben uns
> entschieden ! -
> Also, was ist ?
> (sehr bestimmend, wie entgültig)
> Du kannst nicht bleiben, was du
> bist !!

Ego :

> Warum sollte ich nicht bleiben
> können, was ich bin ?-
> Wer sollte dies erzwingen ?

Alle (ausser Hans) : Wir ! - Alle ! --

Peter : Er hat schon wieder hinterfragt !-

Ego : Ist das verboten ?

Hans (der sich am Podestrand niedergesetzt hat, sinnierend) :
Wenn du wüsstest,
was hier alles nicht erlaubt ist,
dann wärst du nie hierher
gekommen .-

Richard : *Da hörst du es .-*
Für uns alle wäre es das Beste
gewesen,
wenn du niemals hierher
gekommen wärst.-

Peter : *Du gehörst hier einfach nicht her !*

Christa : *Du gehörst nicht zu uns ! -*

Veronika : *Hast nie dazu gehört !*

Elisabeth : *Und wirst nie dazu gehören !*

Ego (abwehrend) : *Um Gottes Willen .-*
Das will ich doch auch garnicht !!

Peter : *Nur, wie schon gesagt,*
dann kannst du nicht weiterhin
der bleiben, der du bist ! -

Ego : *Kurz gesagt :*
Ich gehe oder ich werde das,
was ihr schon seid .-

Richard :	Richtig .-

Ego :	Wenn ich aber bleiben will
	und gleichzeitig auch das,
	was ich bin ? - Was dann ?-

Peter :	Dann machen wir aus dir das,
	was wir schon lange sind .-
Ego :	Doch nicht etwa einen Menschen ?

Peter :	Genau das ! -

Ego (sich an Spiegel wendend) :
Herr Gott nochmal ! -
Kann ich dem Schicksalsschlag
ein Mensch zu werden
denn nicht entgehen ?

Spiegel (spricht die ersten Worte leise, dann innerhalb
des Satzes immer lauter werdend) :
Wie eine Fliege,
die im Spinnennetz hilflos zappelt ...

Ego (den Satz aufnehmend) :
... wie ein Sog hält es mich
unerbittlich fest ...

Spiegel :	... lässt dich nie wieder los ! ...

Ego :	... Soll ich werden, wie sie ? ...

Spiegel :	... Wie die, die ohne es zu wollen
	einfach hineingeboren wurden ...

Ego :   *... und jetzt nicht wissen, wie sie*
                                 wieder hinauskommen ...

Ego :   *... Der Weg, der zur Freiheit führt,*
                                 ich muss ihn finden ...

Spiegel :   *... die einzige Pforte,*
                                 die hineinführt heisst Geburt ! -
                                 Die einzige Pforte,
                                 die hinausführt heisst ...

Richard (laut) :   *... DER TOD !!*

Ego (etwas resignierend) :
                                 So bin ich hier gefangen ?

Spiegel (von laut immer leiser werdend) :
                                 Wie eine Fliege ...
                                 im Spinnennetz .-

Schweigen.

Peter (auf Ego zugehend) :
                                 Sieh' es ein,
                                 du bist auch nur eine Rolle .-

Ego (aufbrausend) :   *Ich will aber nicht !*
                                 Frei wurde ich geboren !
                                 Frei will ich bleiben ! -

Hans (wie zu sich selbst) :
                                 Ach, würde es doch viele geben,
                                 die deine Meinung teilen .-

Ego :   *Ach, sie sind doch ohnehin alle zu*
            feige, um mir etwas anzutun .-
            (wendet sich den Zuschauern zu)
            Nicht wahr ? -
            So ängstlich sind sie .-
            Lassen sich sogar als feige
            beschimpfen
            ohne zu protestieren .-
            Und ihr ?- Was ist mit euch ?-
            Auch ihr habt Angst.-
            Deshalb lasst ihr fast alles mit euch
            machen.
            Hauptsache, ihr fallt nicht auf .-
            Bloß schön anonym in der Masse
            bleiben .-
            Das ist doch eure Devise .-
            Oder etwa nicht ?! -

Richard gibt Peter (während Ego spricht) ein Zeichen,
worauf dieser verschwindet, um kurz darauf mit einer
Maske, ähnlich der ihren, zurückzukehren. Er hebt sie
hoch.- Alle anderen   blicken auf die Maske und nicken
zustimmend.

Richard :   *Jetzt reicht es uns mit dir !-*
                Uns allen reicht es mit dir !-

Ego (herausfordernd) :
                Es reicht noch lange nicht.-
                Was muß ich euch denn noch alles
                an den Kopf werfen,
                bis ihr endlich reagiert ?

Richard :	*Wir müssen sofort etwas unternehmen .-*
Peter :	*Am Besten ist es, wenn wir ihn in eine Rolle hineinpressen .-*
Hans (leicht abwesend) :	*Sie wollen ihm das antuen, was sie an sich selber hassen .- Sie wollen ihn in den Zustand pressen, dem sie selbst so gern entrinnen würden .-*
Peter :	*Wir müssen uns ihn einfach greifen .*
Richard :	*Und dann stülpen wir ihm schnell die Maske auf .-*
Hans (wie zuvor) :	*Ihn in eine Rolle einsperren, nur weil sie selbst unfähig sind aus ihrer eigenen auszubrechen .-*

Während Hans spricht scharen sich die anderen um Richard

Richard :	*Jetzt ! - Packt ihn !-*
Peter :	*Los, schnappen wir ihn uns !*

Sie umkreisen Ego langsam, von hinten kommend. Spiegel geht langsam auf Hans zu, hockt sich neben ihn nieder.

Hans :	*Zerstören das, was ihnen* *aufzeigen könnte* *wovor sie im Grunde ihres* *Herzens* *so unermessliche Angst haben.-*
Spiegel :	*Und das wäre ?*
Hans :	*Befreiung !*

In diesem Augenblick packen die anderen Ego von hinten und drücken ihn nieder, sodaß er auf die Kniee fällt.

Ego :	*Nein ! - Lasst mich ! -*
Richard :	*Habt ihr's gehört ?* *(lacht ein wenig)* *Er will nicht .-* *Haben wir danach gefragt,* *was du willst ?*
Christa (lachen) :	*Nein, daß haben wir nicht .-*
Peter (lacht) :	*Und das wollen wir auch* *garnicht .-*
Richard :	*Und jetzt runter mit dir !-* *(er gibt Ego einen Stoß,* *sodaß dieser lang hinschlägt)*
Ego :	*Was habt ihr mit mir vor ?*

Richard :   *Aus dir machen wir jetzt*
                          einen von uns !

Ego (entsetzt aufschreiend) :
                          Neeeeiiiiiinnnnn !!!!
                          (erhebt sich, will weglaufen)

Ab hier die Szene bis zum Tode Egos zügig durchspielen !

Peter (stellt sich ihm in den Weg) :
                          Hier kommst du nicht weg .-

Veronika :   *Flucht ist zwecklos .-*

Richard (hält ihm die Maske hin) :
                          Hier.- Nimm' und setz' sie auf !

Ego :   *Nein.- Das werde ich niemals tun!*

Peter (tritt hinzu) :   *Du setzt sie jetzt auf !*

Ego :   *Was passiert sonst ?*

Peter, Veronika und Christa halten Ego fest. Richard
versucht ihm die Maske anzulegen. Ego wehrt sich heftig.

Peter (heftig, agressiv) :
                          Willst du jetzt wohl die
                          verdammte Maske anlegen !!!!!?

Sie schlagen und treten Ego.

Ego :   *Nein ! - Niemals ! -*

Sie versuchen ihm mit massiver Gewalt die Maske anzulegen.

Richard (ulitmativ) :   Du setzt sie jetzt auf !!!

Ego (herausfordernd) :Oder was ??!!!!!!!!!!!!

Alle stürzen sich auf ihn und wenden Gewalt an. Zum Schluß treten und schlagen sie nur noch wütend auf ihn ein. -
In diesem Tumult sind die letzten 10 Takte aus der Oper ' Salome ' von R. Strauss zu hören .-
Bei den letzten 3 Takten lassen sie von ihm ab .-
Ego liegt regungslos in der Mitte des Podestes. Genauso, wie zu Beginn der Aufführung.-

Hans (ist bei dem drittletzten Takt aufgefahren
und blickt jetzt entsetzt auf die Szenerie) :
Verloren .- Alles verloren .-

Ab hier sollen alle Bewegungen und Reden ruhig und langsam ablaufen. Alle, ausser Hans, starren auf Ego. Wenden sich ab und gehen langsam, fast wie in Zeitlupe, in Richtung Podestrand.

Spiegel (neben Ego knieend) :
Ich habe dich gewarnt !
(lacht gehässig auf)
Hier bekommt jeder,
was er verdient ! -

Peter (fassungslos) :   Wir haben ihn umgebracht .-

Elisabeth (kopfschüttelnd) :
Das haben wir nicht gewollt .-

Christa (fassungslos) :
Wir wollten doch nur ...
(ihr versagt die Stimme)

Veronika : *Was soll' s , er hat selbst Schuld .-*
Weshalb hat er uns auch
herausgefordert ?

Richard (monoton) : ... wurde umbracht für das Volk ...

Stimme (monoton, teilnahmslos, aus dem OFF) :

Und so wird sich der Mensch nicht ändern,
weil sich das System, in dem er lebt, nicht ändert .-

(alle halten kurz inne)

Und so wird sich der Mensch <u>erst</u> dann ändern,
wenn sich das System, in dem er lebt, ändert .-

Die anderen haben jetzt den Rand des Podestes fast erreicht. Hans steht regungslos und blickt fassungslos auf Ego. Gleichzeitig nimmt er den Text, den die Stimme spricht, genau wahr und reagiert darauf.-
Spiegel steht jetzt so, daß Ego zwischen Hans und ihm liegt .-

Und das System wird sich <u>erst</u> ändern,
wenn sich der Mensch ändert .-

Die anderen stehen jetzt, in gleichmässigen Abstand, am Rande des Podestes, sodaß sie einen ganzen Kreis bilden. Sie stehen so, daß sie nach aussen blicken. Ihr Blick geht teilnahmslos in die ' Ferne '.

> *Und der Mensch ändert sich <u>nur</u>,*
> *wenn sich das System ändert .-*
> *Und das System ändert sich <u>nur</u>,*
> *wenn sich der Mensch ändert .-*

In diesem Moment macht Hans einen Schritt über Ego hinweg, direkt auf Spiegel zu. Dieser ist sehr überrascht .-

> *Und so wird sich nichts ändern ...*

Hans packt Spiegel

> *... bis eines Tages ...*

Genau bei diesen drei letzten Worten schlägt Hans auf Spiegel ein. Sogleich ist ein sehr lautes Zerspringen eines Spiegels zu hören und donnernt herabfallende Glasscheiben .- Spiegel bricht zusammen und bleibt, quer über Ego, liegen .- Hans reisst sich seine Maske vom Gesicht .- Wirft sie weit von sich und geht, leicht wankend, ein paar Schritte .- Über seinem Gesicht breitet sich ein Lächeln aus, während er anscheinend einen wunderschönen Duft einatmet. -

> *Hier erklingt Tschaikowsky, Synfony 6 ,*
> *Satz 4 , ab Takt 137.-*

Während er, immer wieder inne haltend, langsam

entschwindet, senken die anderen langsam ihre Köpfe .-
Der Lichtschein hat seit Spiegel's Tod langsam
abgenommen und erhellt nur noch die Podestfläche.-
Dadurch stehen die anderen jetzt im Halbdunkel. Ab Takt
163 erlischt das Licht langsam .-

Zum Schluß liegt die gesamte Szenerie im Dunkeln.
Nach etwa 10 Sekunden beginnt die Musik, die zu Beginn
gespielt wurde. Zuerst ganz leise eingespielt , dann immer
lauter.-
Nach etwa einer Minute bricht sie plötzlich unvermittelt
ab .--

Das Licht geht aus. - Unvermittelt sitze ich da.- Im
Dunkel.- Das Spiel ist aus .- Wirklich ? Applaus dringt an
meine Ohren. Es muss so sein. Die Aufführung ist zu
Ende. Geschafft.- Aber was ist es, das bleibt ?
Vor drei Stunden sind wir hier angekommen, um einen
gemütlichen Theaterabend zu verbringen. Dann sahen wir
ein Spiel, das im weiteren Verlauf uns nicht nur den
Spiegel vorhielt, sondern auch immer mehr in die
Handlung eingezog. Bis wir zuletzt zu einem
unmittelbaren Bestandteil des Geschehens wurden. Als
wir in der Strassenbahn sitzen lasse ich das ganze Spiel
noch einmal vor meinem geistigen Auge vorbeiziehen.
Der junge Mann als Symbol für unser Ego. Der
silberfarbene Zwerg, der mit seinem Spiegel, ein
eindeutiges Zeichen dafür war, daß der Autor uns ganz
bewusst den Spiegel, im wahren Sinne dieses Wortes,
vorhalten wollte. Und das zunehmende Unwohlsein, als
ich erkannte, daß ich ungewollt, immer mehr in die
Handlung verstrickt wurde. Zuerst dadurch, daß ich mich

gedanklich mit der Hauptfigur identifizierte. Später, indem ich, wie alle anderen Zuschauer auch, direkt angesprochen wurde. Indirekt sollte ich mitentscheiden über den Tod der Figur, die ich als Abbild meiner Selbst sah. Und gleichzeitig fand ich mich auch teilweise in den anderen Akteuren wieder. So fand ich mich gleichzeitig im Opfer und in den Täter wieder. Erst jetzt erinnere ich mich an den Untertitel des Stücks : Spiel der Rollen. Ja,- so ist es wohl. Ich,- wir alle spielen in dem grossen Spiel des Lebens unsere Rolle. Ein Lächeln huscht über mein Gesicht und ich greife nach der Hand meiner Frau, die ebenfalls die ganze Zeit schweigend und nachdenklich neben mir sitzt. Das Lächeln ist die Reaktion auf einen Gedanken, der einem Windhauch gleich in meinem Inneren auftaucht : Das TheaterSpiel ist aus.- Aber unser Spiel geht weiter !- Und ich denke, an unseren Rollen darin werden wir nach diesem Abend einiges verändern ...

Die Rollen in dem Theaterstück

Junger Mann / Ego
Spiegel / Zwerg Spiegel

Öffentliche Meinung
Moral
Anstand
Wahrheit
Gewissen
Lüge
Liebe
Trieb / Triebkräfte
GesellschaftsNormen

Richard
Elisabeth
Hans
Peter
Christa
Veronika

Die Schauspieler, die die Gestalten in der ersten Szene spielen, übernehmen später die Rollen der Geschworenen und teilweise abschliessend die Rollen der Familie.

Über den Autoren und das vorliegende Buch

Heiner Vogelei, geboren 1955 in Bremen, ist als Krankenpfleger in einer Bremer Altenpflegeeinrichtung tätig.
Er ist verheiratet und hat eine Tochter.
Schon im Alter von 11 Jahren begann er damit kleine Geschichten und Gedichte zu schreiben.

Im jugendlichen Alter von 17 Jahren entstand das Stück *'EGO'* , daß den Kern dieser Veröffentlichung bildet. Es ist neben dem *'Metamorpheus'*, der im Jahre 1981 entstand das einzige Jugendwerk, daß nicht verloren ging.

Der Autor verweist darauf, daß er am Original – Text nur die sprachliche Diktion an einigen Stellen *geglättet* hat. Das Stück aber ansonsten der Form, die sein jugendliches Ego ihm gab, entspricht.

Die Handlung, die der beschriebenen Aufführung, einen Rahmen gibt, wurde eigens für die Veröffentlichung hinzugefügt. Sie dient als mögliche Reflexionsebene für den Leser.

Weitere Veröffentlichungen

METAMORPHEUS
ein esoterisches Mysterienspiel

und

EGO
(reine Textfassung)

geplante Veröffentlichungen

im Oktober 2008

QUO VADIS , REIKI ?
Das Reiki – Usui – System
im Lichte traditioneller Esoterik

im November 2008

Beginn der Veröffentlichung

der

LICHTKRIEGER – TETRALOGIE

Anfang, der keiner war ... Wir erleben die geistige Geburt des Universums. Werfen einen Blick auf die Entstehung der Galaxien, Sonnen und Planeten. Zuletzt wandert unser Blick auf die evolutionäre Entwicklung des Planeten Helixion. Völker, Länder und Königreiche entstehen.

Als der Mönch Aurigas zum obersten Priester, dem Falkon, gewählt wird, hat die religiöse Gemeinschaft der Helixianer das Gefühl, als würde sich ein dunkler Schatten über den Planeten ausbreiten. Sie machen Wesen, die sie in ihren Meditationen sehen und Daimjons nennen, dafür verantwortlich.

In tiefer Meditation versunken gelangt Aurigas auf eine höhere Ebene des Bewusstseins und erfährt, daß es sich bei den Wesen um Bewohner anderer Planeten handelt. Von dem Monocerus Tifion wird er in die Geheimnisse des Kosmos schrittweise eingeführt.

Durch ihn erfährt er aber auch, daß es Spezies gibt, denen der Weg auf die höheren Ebenen verwehrt ist, nach dem diese dem Weg des Lichtes abgeschworen haben.

Noch ahnen Aurigas und Tifion nicht, daß bereits ein Weltenraumschiff der Shingmar, einer der grausamsten dieser dunklen Spezies, auf dem Weg zum Planeten Helixion ist. Sie wollen Aurigas die magischen Energie –

Schlüssel entreissen, die Tifion bereit ist diesem anzuvertrauen.

Mit ihnen hätten die Shingmar einen ungehinderten Zugang auf die höheren Ebenen des Seins und könnten so das Licht – Reich des Kosmos zerstören . . .

LICHTKRIEGER – Band 1   *November 2008*

LICHTKRIEGER – Band 2   *Januar 2009*

LICHTKRIEGER – Band 3   *März 2009*

LICHTKRIEGER – Band 4   *Mai 2009*